Stefan Pastor

Mountainbike Abenteuer

Steve & Wheelie

Band 4

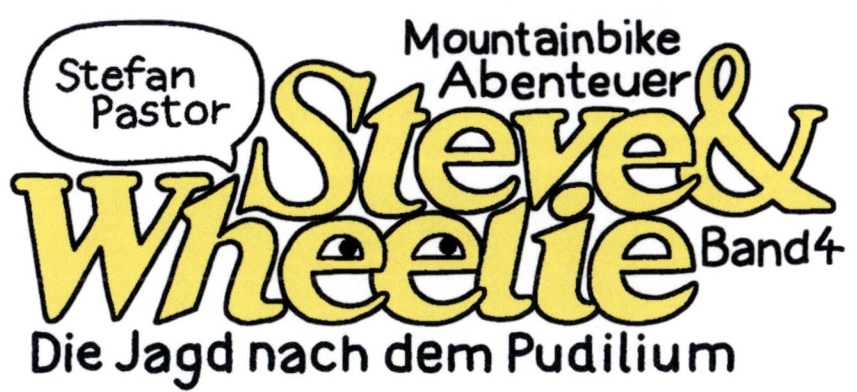

Die Jagd nach dem Pudilium

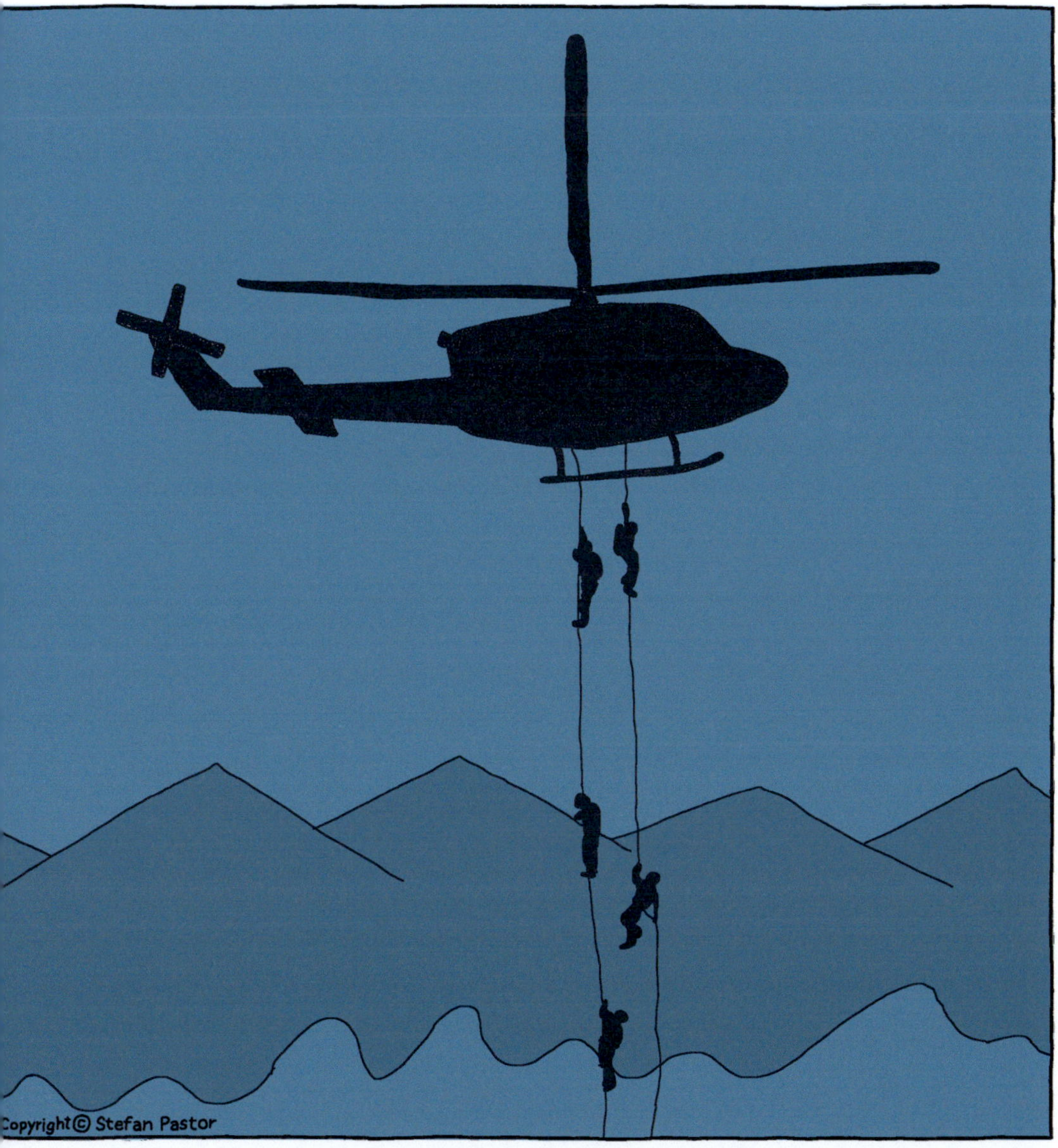

Impressum:

Copyright © 2022 Stefan Pastor

Herstellung und Verlag: BoD - Books on Demand, Norderstedt
Digitalsatz: Maria Siebenhaar, Rehau
Idee, Zeichnungen und Text: Stefan Pastor, Rehau
Layout und Umschlaggestaltung: Stefan Pastor, Rehau

Bibliografische Information der Deutschen Nationalbibliothek
Die Deutsche Nationalbibliothek verzeichnet diese Publikation
in der Deutschen Nationalbibliografie; detaillierte
bibliografische Daten sind im Internet unter www.dnb.de
abrufbar.

ISBN: 9783756808823

Dieses Buch gehört:

Mein Bike:

Mein Bike und Ich

Über den Autor:

Stefan Pastor wird am 18. Dezember 1962 in Deutschland geboren. Schon als Kind liebt er die Natur und träumt von Abenteuern und vom Leben in der Wildnis.

Im Alter von 19 Jahren erfüllt er sich seinen größten Wunsch und fliegt nach Nordamerika, wo er auf sich allein gestellt zunächst drei Monate lang Kanadas Westen durchstreift. Von einem Kanadier erhält er den Kurznamen Steve, den er fortan während zahlreicher Aufenthalte im Land beibehält. Geld verdient er im Forstbetrieb. Mit dem Studium der Naturwissenschaften auf dem Zweiten Bildungsweg realisiert er seinen nächsten Lebenstraum und arbeitet freiberuflich als Biologe.

Während einer Tour mit dem Mountainbike, mit dem er leidenschaftlich gerne das heimische Mittelgebirge erkundet, hat er die Idee zu einem Comic – den Abenteuern von Steve und seinem sprechenden Mountainbike Wheelie.

Bisher erschienen:

Deutsch ISBN 978-3-8482-5152-0   Steve & Wheelie - Mountainbike Abenteuer Band 1   Biker, Bär und Erdnussbutter
ISBN 978-3-7347-3393-2   Steve & Wheelie - Mountainbike Abenteuer Band 2   Die Blockhütte am Eriksee
ISBN 978-3-7481-6525-5   Steve & Wheelie - Mountainbike Abenteuer Band 3   Paul und Henriette
ISBN 978-3-756-80882-3   Steve & Wheelie - Mountainbike Abenteuer Band 4   Die Jagd nach dem Pudilium

English ISBN 978-3-7386-3508-9   Steve & Wheelie - Mountainbike Adventure Volume 1   Biker, Bear and Peanut Butter
ISBN 978-3-7386-3951-3   Steve & Wheelie - Mountainbike Adventure Volume 2   The Log Cabin at Erik Lake
ISBN 978-3-7504-1633-8   Steve & Wheelie - Mountainbike Adventure Volume 3   Paul and Henriette

Inhaltsverzeichnis

Abbildungsverzeichnis

Vorwort

Wie alles begann

Es war ein schöner, sonniger Tag im Frühling und nur ein paar kleinere Wolken zogen langsam über den strahlend blauen Himmel. Ich war mit meinem geliebten Mountainbike auf Entdeckungstour. Der schmale Hohlweg, den ich entlangfuhr, war nur wenig benutzt. Sonnenstrahlenbündel fielen durch die Baumkronen des Waldes zu beiden Seiten des Wegs und brachten das frische, saftige Grün zum Leuchten. Ich rollte über einige knorrige Baumwurzeln, die den Weg durchzogen, bevor dieser den Wald verließ und als steiniger Pfad einen baumlosen Berghang querte. Auf der anderen Seite der Lichtung angekommen führte er mich tief in das kühle Dunkel des alten Hochwaldes. Nach einem kurzen, steilen Anstieg erreichte er schließlich den Gipfel, um sich in einem Blockmeer aus Granit aufzufächern und die Aussicht auf die Felder, Wiesen und Wälder des Umlandes frei zu geben.

War das herrlich! Eigentlich war ich schon länger unterwegs als geplant, aber ich konnte nicht genug davon bekommen, als einsamer Wanderer auf zwei Rädern nahezu lautlos durch die Landschaft zu streifen. Ich wollte noch nicht umkehren. Ich wünschte mir, ich könnte immer weiter fahren. Weiter und weiter, erkunden, was hinter dem nächsten Hügel liegt und wieder hinter dem nächsten. Ich träumte, die Hügel und Wälder würden niemals enden. Ich fuhr einen kleineren Steilhang hinab als sich mein Tagtraum plötzlich verselbständigte. Was, wenn mein Mountainbike lebendig wäre und unser Leben ein einziges Abenteuer? Was, wenn es sprechen könnte und wir wären die besten Freunde, unzertrennlich und immer unterwegs, von Horizont zu Horizont, ohne jemals umkehren zu müssen?

Ich musste schmunzeln über diese Vorstellung als es passierte: Meine Nase juckte. Nun, natürlich ist es normalerweise nichts besonderes, wenn einem die Nase juckt. Aber meine Nase juckte dort, wo sie eigentlich nicht mehr jucken konnte, nämlich weiter vorne als sie bisher gereicht hatte! Ich schielte mit beiden Augen zur Nasenspitze. Das war nicht die Nase, die ich kannte, sie schien irgendwie gewachsen. Größer und runder als gewohnt war sie!
Ich nahm den kleinen Blechspiegel, den ich immer dabei hatte, um mir gegebenenfalls ein lästiges Sandkorn oder etwas Ähnliches aus dem Auge entfernen zu können aus der Tasche und blickte hinein. Heraus blickte ein lustig aussehender Kerl mit gelbem Strubbelhaar und einer gesunden, orange-braunen Gesichtsfarbe, die mich entfernt an einen Indianer erinnerte.

Ich blickte verwundert auf und sah in die Ferne. Nicht nur ich hatte mich verändert, auch die Umgebung war anders. Das Dorf, das ich noch vor einem Moment deutlich hinter den Wiesen sehen konnte, war verschwunden. Die Berge waren zu mächtigen Gebirgszügen gewachsen und die weiten, bewaldeten Täler waren durchzogen von wilden Bächen und Flüssen, die in

4

türkisblaue Seen mündeten. Nichts als grandiose, urwüchsige Natur erstreckte sich um mich, soweit das Auge reichte.

Eine freundliche Stimme drang durch mein Staunen. „Da unten ist ein guter Lagerplatz, Steve", sagte mein Bike zu mir und lachte mich an. „Das ist ein schönes Fleckchen, Wheelie", antwortete ich, als ob es das Normalste der Welt wäre und lachte zurück. Wir machten uns auf den Weg hinunter zu unserem Lagerplatz an diesem Tag unserer langen Reise, mein sprechendes Mountainbike Wheelie und ich. Es war das Normalste der Welt.

Die Jagd nach dem Pudilium

Die Beratung

„Welch wunderschöner Morgen!", freute sich Steve und trat aus der Blockhütte hinaus. Genau hier, auf ihrer kleinen Veranda, trafen sich zu dieser Tageszeit bei gutem Wetter immer zwei entgegen gerichtete Luftströmungen - eine klare Brise, welche die Morgenkühle des Sees sanft in Richtung des schmalen Sandstrandes vor ihrer Hütte wehte und eine wärmere Schicht aus der Ebene, die den aromatischen Duft frischen Harzes aus einer benachbarten Gruppe wettergeformter Kiefern mit sich trug. Genussvoll füllte er seine Lungen mit einem tiefen Zug dieser belebenden, frühlingshaften Mischung aus Aroma und Frische und streckte sich.

Wheelie steckte seinen Kopf durch die Tür. Nun gut, Wheelie war ein Fahrrad, ein Mountainbike, um genau zu sein und Fahrräder haben normalerweise keinen Kopf im anatomischen Sinne. Aber Wheelie war ja ein ganz besonderes Fahrrad: er war lebendig und konnte sprechen. Er hatte gute Augen, die genau in der Mitte über dem Lenker saßen, und einen lustigen Mund. Er trug im Winter eine Mütze, er war stark, schlau, und er war Steves bester Freund. Deshalb wollen wir hier einfach einmal Fünfe gerade sein lassen und Wheelies Geometrie so bezeichnen, dass es ihn schön anschaulich beschreibt, wenn es dem Sachverhalt dienlich ist. Wheelie steckte also seinen Kopf durch die Tür. „Es hat aufgehört zu regnen", stellte er fest und schickte ein gut gelauntes: „Prima!" hinterher. Natürlich hatte Wheelie als reinrassiges Mountainbike gut abgedichtete Lager und war auch sonst nicht besonders empfindlich in Bezug auf Wasser und Schmutz. Ausgiebigen Regen oder anhaltende Feuchtigkeit schätzte er jedoch nicht, auch wenn er Steve die eine oder andere Flussdurchquerung oder auch mal ein unfreiwilliges Bad aufgrund eines fahrerischen Missgeschicks nie übel nahm.

Sie liebten beide den Moment, wenn die Sonne morgens hinter den Bergen zum Vorschein kam und ihre wärmende Kraft die Kälte der Nacht ablöste. „Komm, alter Freund, ich trinke meine Tasse Tee, du deinen Becher Leinöl, und dann überlegen wir uns zusammen, was wir heute an diesem schönen Tag machen wollen", sagte Steve in Richtung der Tür.
Steve und Wheelie verbrachten ihr ganzes Leben zusammen. Sie kannten einander so gut, dass sie Alltägliches gar nicht weiter besprechen mussten. Jeder wusste auch so, was zu tun war und was der andere wollte. Deshalb war ein spezielles "... überlegen, was wir heute machen wollen ..." meist der Anfang eines neuen, spannenden Abenteuers.

Es hatte also vor kurzem noch geregnet, und zwar seit längerem. Teils schwere Unwetter waren über das Land gezogen und hatten Wiesen in Sümpfe, Sümpfe in flache Seen und Bäche in ansehnliche kleine Flüsse verwandelt. Die ansonsten eher trockene Landschaft der sie umgebenden Gebirgswelt war durch die heftigen Niederschläge der letzten Wochen in weiten Teilen unpassierbar gewesen. Nun aber stand die

Sonne am Himmel, die nassen Wälder dampften und die Gegend begann abzutrocknen. „Was meinst du, wie mag es Peter wohl ergangen sein?", fragte Wheelie. „Hoffentlich hat er die Sturzfluten gut überstanden."

Peter war der Neffe des Buschpiloten Erik, und beide waren gute Bekannte von Steve und Wheelie. Peter war im Auftrag der hiesigen Universität irgendwo in der weiten Wildnis der benachbarten Höhlenberge unterwegs. Diese lagen zwei Täler weiter westlich von Steves und Wheelies Blockhütte, und um dort hinzukommen, waren etwa vierzehn stramme Tagesmärsche nötig. Das Höhlengebirge erstreckte sich über eine Länge von rund zweihundertfünfzig Kilometern von Süden nach Norden und bildete eine natürliche Barriere zu dem dahinter liegenden Meer mit seinen weit ins Land reichenden Fjorden. Seine Hochebenen und tiefen Schluchten waren für die Sichtung von seltsamen Lichterscheinungen bekannt und für merkwürdige, unerklärliche Phänomene berüchtigt. Elektronische Geräte funktionierten dort entweder gar nicht oder zumindest nicht richtig.

„Peter ist ein erstklassiger Waldläufer", entgegnete Steve. „Es muss schon viel passieren, bevor jemand wie er in echte Schwierigkeiten gerät. Aber man kann natürlich nie wissen. Dieser Teil des Landes ist wild und weit, und nicht alles ist immer berechenbar", fügte er hinzu. „Außerdem," sagte Wheelie, „erinnerst du dich an die Geschichten, die Erik erzählt hat? Dass in den Höhlenbergen seit Alters her Seltsames vor sich geht und wir vorsichtig sein sollen, falls wir jemals dorthin fahren? Er schien das für mehr als nur Gerüchte oder Legenden zu halten, auch wenn er nicht weiter darüber reden wollte. Und Peter wich unseren Fragen,

was er in dieser verlassenen Gegend dort eigentlich vorhatte und warum er ganz alleine unterwegs war, auch aus."
„Da hast du schon recht", stimmte Steve seinem Kameraden zu. „Ich muss zugeben, dass mich die Sache langsam neugierig macht." Er überlegte kurz. „Was meinst du, wie wäre es mit einer kleinen Tour ins Höhlengebirge, Wheelie? Wir könnten versuchen, Peter zu finden. Ich kann mich nicht erinnern, dass er uns verboten hätte, ihn zu besuchen." „Nein, das hat er ganz sicher nicht. Und wenn wir merken sollten, dass wir stören, können wir ja wieder fahren. Ich würde mich jedenfalls sehr freuen, Peter wiederzusehen. Und Lust auf eine richtig schöne Tour habe ich schon lange! Ich muss mich endlich mal wieder vernünftig bewegen. Wir konnten nun lange genug nicht hinaus." Wheelie drehte, ohne es zu merken, seine Kurbelarme aus Bewegungsmangel ein paar mal rückwärts im Freilauf durch. „Ja, ich auch", stimmte Steve zu. „Unser selbstgebauter Holzrollentrainer hat uns zwar einigermaßen fit gehalten, aber fahren ist halt fahren. Nichts kann eine schöne Fahrt ersetzen." „Juhuu!", rief Wheelie. „Dann ist es beschlossen: wir fahren ins Höhlengebirge und besuchen Peter!" „Das machen wir!", rief Steve. „Juhuuu!"

„Ich überprüfe noch kurz meinen Reifendruck und öle meine Kette, dann kann es von mir aus losgehen!", krähte Wheelie. Seine Stimme überschlug sich ein bisschen vor lauter Vorfreude. „Und ich überprüfe noch einmal den Rucksack, damit wir auch alles dabei haben", erwiderte Steve gut gelaunt, angesteckt von der begeisterten Reiselust, die aus Wheelie herausbrach.
„Hütte ist zu, alles ist saubergemacht, das Feuer im Ofen ist aus", meldete Steve nach einer Weile. „Ich bin bereit.

Alle Systeme laufen", bestätigte Wheelie absichtlich ein wenig übertrieben. „Dann sind wir startklar!", stellte Steve fest. „Los geht's!" Er trat in die Pedale und übermütig begannen sie ihre neue Fahrt mit einem kleinen Bunnyhop von der Veranda und zwei kurzen Drehern auf dem Vorderrad um jeweils einhundertachtzig Grad, um dann ganz normal weiter zu rollen. Sie fuhren an der einzeln stehenden knorrigen Kiefer vorbei, die seit Jahr und Tag der klirrenden Kälte im Winter, den Herbststürmen und der glutheißen Sommerhitze trotzte und deren tiefes, dunkles Grün sich von ihrem Verandafenster aus immer so hübsch von dem türkisfarbenen Blau des Sees im Hintergrund abhob. Ein Eichhörnchen huschte flugs auf die Rückseite des Stammes, wo es von ihnen nicht gesehen werden konnte. Nicht aus Furcht, es kannte unsere beiden Freunde schon und wusste, dass ihm von ihnen keine Gefahr drohte, sondern mehr aus Gewohnheit. Sicher ist sicher und Vorsicht schadet nie, wenn man klein ist und hungrige Feinde hat.

Ihr Weg führte sie hinunter zum See. Der Strand bestand aus festem Sand und unzähligen kleinen, flachen, abgerundeten Steinchen und war gut zu befahren. Der Wasserstand war hoch und sie mussten deshalb den Strand immer wieder verlassen und auf die ausgetretenen Wildwechsel ausweichen, die sie tief in das angrenzende Dickicht der Bäume und Sträucher hineinführten. Es dauerte eine Weile, bis sich ihre Augen zwischen dem Glitzern der sanften Wellen des Sees und dem dunklen Grün und Braun des Waldes umgestellt hatten. So kam es, dass sie, als sie wieder aus der hellen Sonne ins Halbdunkel der Blätter und Stämme fuhren, den aus Laub und Ästen zusammengescharrten Hügel wenige Meter neben ihnen zu spät erkannten. „Oh, oh!", sagte Steve und Wheelie wusste, was dies bedeutete. Sie fuhren gerade an den versteckten Resten einer Bärenmahlzeit vorbei. Ein großer Hirsch vielleicht, den der mächtige Beutegreifer unmöglich auf einmal verspeisen konnte und der jetzt als Vorrat für die nächsten Tage diente.

Zufrieden mit sich und der Welt ruhte besagter Bär nicht weit von seinem Futterversteck entfernt und döste satt vor sich hin. Alles, was er die nächste Zeit zu tun gedachte, war fressen und schlafen. Doch wehe dem, der seinem Vorrat zu nahe kommen sollte! „Siehst du irgendwo einen Bären?", flüsterte Steve. Wheelie versuchte, zwischen den Baumstämmen irgend etwas zu erkennen. „Nein", flüsterte er zurück. „Lass uns ganz vorsichtig vorbeifahren." Steve lauschte in den Wald. Es war nichts zu hören. Langsam setzten sie sich in Bewegung. Doch da knackte ein trockener Ast unter Wheelies Vorderrad. Ein Bärenohr stellte sich auf. Eine Bärennase schnupperte. Ein Paar verschlafene Bärenaugen blinzelten. „Den Ast hab ich nicht gesehen", entschuldigte sich Wheelie leise. „Schon gut, ich auch nicht", flüsterte Steve, „fahren wi..." Weiter kam er nicht. Das Nächste, was sie hörten, war ein verärgert gebelltes *WAAFF!*, und dann brach die Hölle los. Äste krachten, dürre Bäume brachen, und wie eine riesige, pelzige Kanonenkugel schoss ein großer, wütender Braunbär von schräg vorne auf sie zu. „Warte noch! ... warte!", rief Steve Wheelie zu - nun galt es, nicht die Nerven zu verlieren - „... jetzt!"

Mit einem kraftvollen Bunnyhop sprangen sie genau im richtigen Moment hoch, um den rasenden Bären unter sich hindurchlaufen zu lassen. „Gib Gummi, Wheelie!", rief Steve. Der Dreck spritzte, als sich Wheelies stollenreifenbewehrtes Hinterrad in den Boden grub und sie beide nach vorne katapultierte. Das brachte ihnen die entscheidenden zwei, drei Sekunden Vorsprung, die der ins Leere gelaufene Bär brauchte, um im Gebüsch umzudrehen und die Verfolgung aufzunehmen.

Ein Käuzchen, das im Wipfel einer Fichte den Tag verschlief, wurde durch das Getöse am Boden geweckt und blickte genervt hinunter zu der beachtlichen Staubwolke, die sich den Trail entlangzog. „Muss der immer so ein Theater machen?", schimpfte es. „Hey! Ruhe da unten! Manche Leute müssen nachts wieder raus!" Damit meinte es sich und die Notwendigkeit, nach Einbruch der Dunkelheit auf die Jagd zu gehen, wie es Käuzchen nun einmal tun müssen. Es drehte den Kopf zurück, wackelte ein wenig hin und her und machte es sich wieder auf seinem Ast bequem, um weiter auszuruhen und am Ende des Tages ausgeschlafen und fit zu sein.

Wheelie preschte den engen Pfad entlang, in einem Wahnsinnstempo, und immer mit den Lenkerenden knapp an den Bäumen vorbei. Hundert Meter waren sie in etwa gesprintet, als der Bär zurückfiel. Er hatte gerade nicht wirklich Lust auf Verfolgungsjagden und außerdem wollte er sein Vorratslager nicht so lange unbeaufsichtigt lassen. Gierige Mäuler, die einem die Beute stehlen wollen, waren immer unterwegs. Wölfe zum Beispiel. Und den Krähen und Raben konnte man in der Beziehung sowieso nie über den Weg trauen. Er hatte die Störenfriede verscheucht, das war das Wichtigste. So kehrte er um, trottete zurück und legte sich wieder schlafen. Steve und Wheelie atmeten ein paarmal tief durch und fuhren dann weiter ihres Weges.

Spuren am Pfad

Am dritten Tag ihrer Tour kamen sie durch ein Waldstück, das sehr nass war. Infolge des langen Regens war ein Fluss über seine Ufer getreten und hatte auf der Suche nach einem neuen Flussbett den Wald überflutet. Jetzt, wo das Wasser wieder zurückgegangen war, hatte er Pfützen, Sumpf und Morast hinterlassen. Es war unmöglich, hier irgendwo ein Camp aufzuschlagen, ohne langwierige Holzkonstruktionen zu bauen, um einigermaßen trocken übernachten zu können. Sie fuhren weiter. Schließlich kamen sie an eine Stelle, die lichter war und erhöht lag. Es war eine kleine, aus trockenem, sandigen Waldboden bestehende Insel im kilometerweiten Morast, die, gesäumt von einigen hübschen Bäumchen und Büschen, einladenden Schutz bot.

Einige Strahlen der warmen Abendsonne fielen schräg durch den Wald und tauchten den Ort in ein fast mystisches, mildes, hellgrünes Licht. „Hier übernachten wir, Wheelie, hier ist es richtig schön und trocken", sagte Steve. „Hier ist jemand gewesen. Vor ein paar Wochen oder so", bemerkte Wheelie und deutete auf die Reste eines Lagerfeuers. „Anderthalb, zwei Monate, würde ich sagen. Es sind keine Fußspuren mehr erkennbar", stellte Steve fest. „Hm. Der Wanderer hat sich die Mühe gemacht, Steine für sein Lagerfeuer zu suchen und zu einen Kreis zu legen. Das wäre bei dem sandigen Boden und der nassen Umgebung gar nicht nötig gewesen. Ich frage mich, warum?", fuhr er fort. Er sah sich den Steinkreis an. „Alle Steine sind rund und vom Ruß geschwärzt. Nur dieser eine dort ist flach und sauber", bemerkte Wheelie. Steve ging hin. Eine Seite des Steins war schmaler als die andere, er hatte also ein wenig die Form einer Pfeilspitze. Die schmale Seite zeigte nach Süden. Er hob ihn auf und drehte ihn um. In die Unterseite des Steins war etwas eingeritzt. Ein einfaches Strichmännchen, zwei parallele, senkrechte Linien, zwei nebeneinanderliegende Kreise, eine Art Geweih und ein Kreis mit einem V direkt darunter, dessen Spitze vom O weg nach unten zeigte. „Das ist spannend", sagte Steve. „Ein Rätsel. Irgendeine Idee?" Er zeigte Wheelie den Stein.

„Das erste ist einfach, das sind zwei Menschen", sagte Wheelie. „Logisch", entgegnete Steve. „Das dritte ist ein Elchgeweih, würde ich sagen. Das ist so typisch, das kann gar nichts anderes sein. Das andere sieht irgendwie aus wie eine Kugel Eis in einer Waffeltüte", fuhr Wheelie fort. „Zwei Elchjäger vielleicht? Das Lager sieht nicht nach zwei Leuten aus, die hätten mehr Spuren hinterlassen. Und was sollen die beiden Kreise? Und die Eistüte?", überlegte Steve. „Zwei Leute und ein Elch haben eine Tüte Eis, und zwei Kugeln sind heruntergefallen", witzelte Wheelie. Da lachten beide. „Ich weiß es!", rief Wheelie. „Ich auch!", rief Steve.

„Du zuerst!", sagte er zu Wheelie. „Die beiden Strichmännchen, das sind du und Peter!", sagte Wheelie. „Richtig! Und die beiden Kreise sind Räder, das bist du!", rief Steve. „Das andere sind unsere Nachbarn und Freunde. Das Geweih ist der Elch und die Eistüte ist Kopf und

Schnabel von einem Vogel – das Tannenhuhn", löste Wheelie das restliche Rätsel. „So ist es", lachte Steve.

Abbildung 1: Ein Rätsel in Stein

„Das bedeutet, Peter war hier und hat uns diese Nachricht hinterlassen. Er stellte außerdem sicher, dass wir sie erstens finden werden und zweitens nur wir sie verstehen können. Das heißt, er wurde verfolgt – oder rechnete damit, eventuell verfolgt zu werden." „Das ist ein bisschen gruselig", sagte Wheelie. „Ja, aber jetzt wissen wir, dass wir das Richtige tun. Aus irgendeinem Grund möchte Peter, dass wir zu ihm kommen."

Steve legte den Stein zurück, und zwar nicht in seiner ursprünglichen Position, sondern etwas versetzt. „So weiß Peter, dass wir seine Nachricht gefunden und verstanden haben, falls er hier wieder vorbeikommen sollte", erklärte er. Wheelie nickte. Sie machten ein kleines Lagerfeuer und schlugen ihr Camp auf. Es war im Moment am unauffälligsten, sich wie ganz normale Wildniswanderer zu benehmen, sollte jemand, der Peter eventuell verfolgen würde, auch auf ihre Spuren stoßen. Auf dem teils weichen Untergrund des Trails hatten sie bisher natürlich reichlich deutliche Reifenabdrücke hinterlassen.

Der Himmel war sternenklar und sie genossen ihr bequemes Lager. „Dort - eine Sternschnuppe!", rief Wheelie plötzlich und zeigte nach Westen in Richtung des Höhlengebirges. „Seltsame Sternschnuppe. Sie verglüht gar nicht, sondern fliegt immer weiter", wunderte sich Steve, aber irgend eine astronomische Erklärung würde es dafür wohl schon geben.

Es war eine ruhige und erholsame Nacht, und nach einem kurzen Frühstück brachen sie wieder auf. Vier Tage lang führte sie der Wildwechsel durch den Wald, bevor er ihn wieder verließ und sie über eine freie Fläche zu einem steinigen Gebirgsfluss brachte, der sich hier zwischen zwei großen Felsen verengte und zu einem schäumenden Wildwasser wurde. Die Engstelle war mit mitgerissenem Holz aufgefüllt, das hin und her schwankte und zwischen dem das darunter hindurchfließende Wasser gefährlich gurgelte. Auf der anderen Seite des Flusses war ein Trail zu erkennen, der von Norden kam und in westlicher Richtung abbog. Der Pfad, auf dem sie waren, führte weiter nach Süden. „Hm, was meinst du, Wheelie, sollen wir weiter unserem Pfad folgen oder den Fluss hier überqueren und nach Westen fahren?"

„Ich weiß nicht, lass uns mal nachdenken", sagte Wheelie. „So wie ich Peter kenne, hat er irgendwo einen Hinweis für uns versteckt. Sehen wir uns mal um." Der Pfad war steinig und größtenteils trocken, so dass jemand hier gut hätte gehen können, ohne eine sichtbare Spur zu hinterlassen. Etwas abseits fanden sie dann vier deutliche Trittsiegel eines Elches. „Wir haben seit Tagen keine Elchfährte mehr gesehen", wunderte sich Steve, „und plötzlich vier einzelne Abdrücke. Für die Größe ist die Schrittlänge viel zu kurz. Und sie sind exakt in einer Linie. Die sind nicht echt! Die sind künstlich gemacht. Mit einem Stein oder so. Ah ja!" Er musste schmunzeln. Am Ende der Elchspur waren im weichen Boden auch noch vier Abdrücke wie von Vogelfüßen zu sehen, die offensichtlich mit einem Stöckchen in einer Linie in den Boden geritzt waren. „Die Sache ist klar. Das stammt von Peter", sagte er. „Wir sollen nach Süden fahren." Sie fuhren weiter.

Zwar führte sie der Pfad nun wieder weg von den Höhlenbergen, aber sie waren sich sicher, dass sie richtig lagen. Peter hatte ganz bestimmt seine Gründe, diesen Weg zu wählen. Nachdem es keine weiteren Hinweise gab, folgten sie dem Fluss stromaufwärts, der sich daher langsam zu einem Bach verkleinerte, bis sie an eine große Felsenplatte kamen. Peter hatte sie mit Absicht hierher geschickt, doch warum? Und wohin sollten sie jetzt fahren? Sie sahen sich um. Wheelie deutete nach vorne. Seinen scharfen Augen war eine Anomalie in den Felsen nicht entgangen. Etwa zwanzig Meter weit weg waren einige runde Flusskiesel zu einem Pfeil angeordnet. Steve sammelte die Kiesel ein und sie folgten der angezeigten Richtung, bis sie zum Bach kamen. Dieser war flach und mit großen Steinen durchsetzt. Ein weiterer Pfeil aus Kieseln deutete wieder in die Richtung, aus der sie gekommen waren.

„Ich verstehe. Peter wusste, wir können dem Pfad nicht folgen, ohne deutliche Spuren zu hinterlassen. Deshalb hat er uns hierher gelotst, wo auf dem Felsen alle Spuren enden. Und jetzt sollen wir wieder zurück. Im Bachbett. Unsichtbar." „Na toll, Wasser!", sagte Wheelie, wenig begeistert. „Ach komm. Das ganze Bachbett ist praktisch bis hinunter zu den Stromschnellen voll mit Felsen und Holz. Wir hüpfen einfach von Stein zu Stein. Du wirst schon nicht nass. Na ja, ein wenig Spritzwasser bekommen wir wahrscheinlich ab. Aber das hältst du schon aus", entgegnete Steve. „Na gut", willigte Wheelie ein, „aber maximal bis zu den Naben, okay?" Selbstverständlich wäre er wenn nötig bis zur Sattelspitze ins kalte Wasser getaucht, aber das brauchte ja nicht zu heißen, dass man das unbedingt herausfordern musste. Steve nickte seinem Bike zu. Er kannte Wheelies Abneigung gegen Wasser, und ein bisschen Drama gab es da vorher immer. „Wir bemühen uns", sagte er. So begaben sie sich also ins Bachbett und hüpften von Stein zu Stein stromabwärts. Niemand hätte ihnen hier folgen können. Ausdauernd und geschickt arbeiten sie sich vor und übernachteten zwei Mal auf einem jeweils geeigneten Felsen mitten im Fluss, bis sie schließlich zu der Engstelle vor den Stromschnellen kamen. Das Westufer, wo sie hinwollten, war wegen des aufgestauten Wassers vom Fluss aus unerreichbar. Es gab keine Möglichkeit, den Wasserlauf hier zu überqueren. „Wir müssen erst möglichst nahe ans Ostufer und von dort aus irgendwie über die Stromschnellen. Das wird nicht ungefährlich", sagte Steve.

Sie tasteten sich von Felsen zu Felsen. Die einzige Möglichkeit hinüber war schließlich längs eines langen, im Wasser schaukelnden glatten Baumstammes zu fahren, diesen dann mit einem Hüpfer nach rechts auf einen Felsen zu

Abbildung 2: Über die Stromschnellen

verlassen und dann mit zwei weiteren Sprüngen nach links
und geradeaus ans Westufer zu gelangen. „So sei es!", sagte

Wheelie tapfer und blickte nicht gerade amüsiert in die kalten Fluten. „Komm, bringen wir es hinter uns", sagte Steve. Wheelie positionierte sein Vorderrad auf dem umspülten, rutschigen Holz. Vorsichtig balancierten sie hinüber. Jedoch, als sie fast drüben waren, geriet ihre Behelfsbrücke aufgrund ihres zusätzlichen Gewichts etwas aus ihrer Gleichgewichtslage und begann sich langsam zu drehen.

Sie retteten sich mit einem schnellen Sprung auf einen nahe gelegenen Stein. Da packte auch schon eine Welle den Stamm und schleuderte ihn mit einem donnernden Krachen gegen die Felsen. Er überschlug sich und verschwand polternd in der weißen Gischt, weiteres angeschwemmtes Holz mit sich reißend. Sie hüpften noch über einige Steine und verließen den Fluss an einer geeigneten Stelle. Sie hatten es geschafft. Sie waren Peters verborgener Spur und seinen versteckten Hinweisen bis hierher gefolgt und sie hatten den brausenden Fluss ohne Schaden überquert. „Das war mal wieder knapp", sagte Wheelie. „Den Tapferen hilft das Glück!", entgegnete Steve.

Unheimliche Lichter

Bisher war die Fahrt ein interessanter Ausflug gewesen, doch jetzt, das spürten sie, war sie dabei, zu einem neuen Abenteuer zu werden. Mit dem Einsturz der Passage an den Stromschnellen hatten sie die gemütlichen Tage in ihrer Hütte am Eriksee für längere Zeit hinter sich gelassen. Ein schweres Tier wie ein Grizzlybär oder ein Elch mochte in der Lage sein, das tobende Wasser an der einen oder anderen Stelle noch zu durchqueren, Steve und Wheelie war das jedoch nicht mehr möglich. Einen raschen Rückweg, hier oder weiter flussabwärts, gab es für sie nicht.

Der Wildwechsel, auf dem sie sich befanden, schlängelte sich ein paar hundert Meter durch die Zwergbirken vor ihnen, die tatsächlich einen extrem niedrigen Wald bildeten und nicht zu den Sträuchern gehörten, wie man aufgrund ihres Wuchses vielleicht hätte vermuten können. Jedenfalls entzog sich der Wechsel an einer Stelle hinter Steinen und Zwergbirken abrupt ihrer Sicht, um dann in einiger Entfernung hangaufwärts aufgefächert wieder zu erscheinen.

„Hm, welchen Weg wird Peter wohl ab hier genommen haben?", überlegte Wheelie laut. „Also wieder nach Süden glaub ich nicht", griff Steve Wheelies Gedanken auf, „das hätte er stromaufwärts schon viel früher und leichter haben können. Stromabwärts glaub ich auch nicht. Der Trail ist dort weich und feucht. Da kann niemand gehen, ohne deutliche Fußabdrücke zu hinterlassen. Ich denke, er ist über einen Pass über die Berge nach Westen gegangen." Er zeigte auf eine Stelle in der Ferne, wo der Bergrücken am Horizont nach Norden hin abfiel, um einige Kilometer weiter sattelartig wieder auf die ursprüngliche Höhe anzusteigen.

„Irgendwo hinter diesen Bergrücken liegt das Höhlengebirge, und ich wette ein dickes Erdnussbutterbrot, dort ist es, wo wir suchen müssen." Steve schwang sich in den Sattel und mit einem leichten Tritt in die Pedale setzte sich Wheelie in Bewegung. Es war ein bisschen wie bei einem hoch trainierten Pferd, das sofort losläuft, sobald es auf eine bestimmte Art und Weise auch nur die geringste Gewichtsverlagerung seines Reiters spürt. Langsam folgten sie dem von den Pfoten und Hufen der Bewohner dieser Region im Laufe der Zeit ausgetretenen Pfad.

Die Steine waren zahlreich, aber er war trotzdem gut zu befahren. Sie suchten aufmerksam nach Hinweisen, dass Peter hier entlang gekommen war, konnten aber nichts dahingehendes finden. „Auf diesen großen, runden Steinen kann jemand lange laufen ohne eine Spur zu hinterlassen, wenn er möchte", meinte Steve nach einer Weile. „Aber gerade deshalb mache ich mir keine großen Sorgen, warum wir nichts finden. Ich glaube, wir werden jetzt eine ganze Weile nichts mehr finden. Aber wenn wir an eine Stelle kommen, die man mit Nachdenken nicht lösen kann, dann werden wir wieder einen Hinweis vorfinden. Da bin ich mir sicher."

Steve behielt recht mit seiner Vermutung. Zwei volle Tage folgten sie dem Pfad, immer höher hinauf ins Gebirge, ohne auch nur das leiseste Anzeichen dafür zu sehen, dass Peter dagewesen wäre. Schließlich erreichten sie den Pass, der eine kleine, felsige Hochebene durchquerte und dann auf der anderen Seite als Kammweg weiter entlang einem der Bergrücken führte. Die Luft war angenehm mild während des Aufstiegs, doch als sie den Osthang hinter sich ließen, begann es kühler und windiger zu werden.

„Ich glaube, wir übernachten hier besser", schlug Steve vor. Er zeigte auf einen der drei kleinen Schmelzwasserseen, die sich nicht weit entfernt etwas unter ihnen befanden. Deren hübsche türkise Färbung verriet, dass sich Teile des in ihrem Wasser enthaltenen grauen Steinmehls, das der Gletscher mit sich führte, bereits am Grund abgesetzt hatten und sie nun nicht mehr so stark trübte. „Dort haben wir Wasser und Schutz vor dem Wind." „Ich finde ja die Farbe dieser Seen immer so schick", meinte Wheelie. „Das sieht aus wie Edelsteine." Ein Murmeltier stieß vorsichtshalber auf seinem Ausguck einen Warnruf aus, um seine Artgenossen auf die beiden Wanderer aufmerksam zu machen, die einfach so mitten durch ihre Kolonie fuhren. Steve und Wheelie nahmen diesen Ruf als schrillen Pfiff wahr und freuten sich über den putzigen Anblick.

Sie richteten sich direkt am See für die Nacht ein. Es war eine kleine Wasserfläche, die man in einer guten Stunde zu Fuß hätte umrunden können. Das Wasser war klar und wurde von einigen Rinnsalen gespeist, die aus einem darüber liegenden, jetzt im Frühling langsam abtauenden Schneefeld kamen. Das Ufer war trocken, und nachdem Steve ein paar größere Steine zur Seite geräumt und seine Unterlegmatte ausgebreitet hatte, konnte er bequem und vor der Bodenkälte geschützt liegen. Wheelie lehnte sich mit dem Lenker gegen einen größeren Felsen. Das Wasser plätscherte leise im Wind.

Auf ein Feuer verzichteten sie. Es gab hier nur Latschen-kiefern, deren stark harzhaltiges Holz viel Rauch abgegeben hätte, und sie wollten jetzt keine unnötige Aufmerksamkeit mehr auf sich ziehen. Steve begnügte sich mit einem Stück altbackenem Waldläuferbrot mit Erdnussbutter, ein paar getrockneten Waldbeeren aus den Vorräten und etwas kaltem Wasser aus dem See. Wheelie nahm ohnehin nur ab und zu einen kleinen Schluck Leinöl zu sich. Hauptsächlich, um sein Rahmeninneres vor Rost zu schützen - aber auch, weil er Leinöl schon sehr lecker fand. Allerdings nur frisch und wohltemperiert. Kaltes Öl unter dreizehn Grad Celsius, das beginnt, auszuflocken und fest zu werden, mochte er nicht besonders, da war er ein bisschen eigen. Und hier oben war es jetzt definitiv deutlich kälter als dreizehn Grad, deswegen verzichtete er lieber.
Langsam wurde es dunkel. Die ersten Sterne waren am Himmel zu sehen und Steve schlüpfte in seinen Schlafsack. Sie wünschten sich gegenseitig eine gute Nacht und fielen bald darauf in einen ruhigen, tiefen Schlaf.

ZWWUUUUSCHHHHHHHHWIIIIIUUUUUUU! Steve und Wheelie waren augenblicklich hellwach. Mitten in der Nacht wurden sie durch ein metallisches Geräusch geweckt, das durch das Gebirge zischte und in der Ferne verschwand. „Was war das? So etwas habe ich noch nie gehört", wunderte sich Steve. Sein Herz klopfte ein wenig. Irgend etwas war im Tiefflug keine hundert Meter hinter ihrem Rücken vorbeigerauscht.

„Das hatte ja einen Affenzahn drauf. Schneller als jedes Flugzeug, das ich je gehört habe." „Ich habe es gespürt", sagte Wheelie leise. „Es war wie magnetisch, aber doch anders. Und ich habe etwas gesehen. Nicht mit den Augen, sondern innen. Ein weißgelbblaurötliches Licht. Wie eine Sternschnuppe. Oder so ähnlich. Ich konnte es fühlen, bevor es da war." Er wurde still.

„Bist du okay?", fragte Steve besorgt? „Ja, ich bin okay. Geht wieder", erwiderte Wheelie langsam. Er brauchte einen Moment, um sich von dem verwirrenden Ereignis zu erholen. Sie lagen noch eine Weile wach und lauschten hinaus in die Dunkelheit, bevor sie wieder einschliefen. Doch alles blieb ruhig. So verging die Nacht.

Eine milde Morgensonne kitzelte sie schließlich sanft wach, so, als ob nie etwas Ungewöhnliches geschehen wäre. „Was meinst du könnte das gewesen sein?", fragte Wheelie, als Steve frühstückte. „Ich weiß nicht. Irgend ein Flugkörper. Eine ferngelenkte Raketenwaffe des Militärs vielleicht?", rätselte Steve. „Ich habe so ein Geräusch noch nie gehört", wiederholte er sich. Nachdem sie der Sache nun sowieso nicht weiter auf den Grund gehen konnten, ließen sie sie auf sich beruhen, aber behielten den Vorfall im Hinterkopf.

So verging ein weiterer Tag, ohne dass sie eine Spur von Peter fanden. Schließlich kamen sie an den Rand eines großen Steinmeeres. „Nur ein Bluthund könnte hier noch eine Fährte finden. Peter muss uns einen Hinweis hinterlassen haben, falls er hier gewesen ist", sagte Steve.

„Da ist etwas!", rief Wheelie. Seine Adleraugen ließen ihn auch diesmal nicht im Stich. Inmitten flacher Felsen und Bruchstücke lag auf einem auffälligen Platz ein einzelner, länglicher, vom Wasser rund gewaschener Flusskiesel. „Der gehört nicht hierher. Den hat Peter vom Gebirgsbach mitgenommen und für uns hierhergelegt, jede Wette. Gut gemacht, Wheelie!", lobte Steve sein Bike. Er nahm den Kiesel und steckte ihn in seinen Rucksack. Wie schon der Stein im Wald, war der Kiesel wieder an einem Ende etwas schmaler als am anderen. Er zeigte geradewegs nach Westen.

Nach drei Tagen ohne besondere Vorkommnisse hatten sie einige weitere namenlose Hochebenen und flache Täler, welche allesamt auf ihren Wildwechseln gut zu befahren waren, hinter sich gelassen. Vor ihnen lag nun, zerklüftet, wild und unwegsam, das sagenumwobene, gefürchtete Höhlengebirge. Es erstreckte sich etwa fünfhundert Kilometer weit bis zum Meer. Die Gegend war, nach allem, was Steve von ihr wusste, völlig menschenleer. Wildniswanderer mieden sie normalerweise, zu mühsam war das Fortkommen dort und zu gefährlich waren die hohen, steilen Abhänge der Fjorde. In vergangenen Zeiten fuhren Ureinwohner mit ihren Booten auf ihnen bis weit ins Landesinnere hinein und lebten dort in Sommercamps, zumindest hieß es so in den alten Überlieferungen. Doch das war lange her. Niemand wusste, wer sie waren oder was mit ihnen geschehen war. Merkwürdige Felsenmalereien von Himmelserscheinungen und Fabelwesen hatten sie hinterlassen, die kein Wissenschaftler in ihrer Bedeutung zu entschlüsseln bisher in der Lage war.

Es war später Nachmittag und Steve und Wheelie beschlossen, die Nacht an Ort und Stelle zu verbringen. Sie bereiteten ihr Lager und schliefen alsbald ein. Wheelie träumte. Er träumte von einem weiten Sternenhimmel über schroffen

Gipfeln. Einer der Sterne löste sich aus seinem Sternbild und flog auf Wheelie zu. Immer größer wurde er, bis Wheelie nur noch eine helle Scheibe sah, die sein ganzes Blickfeld einnahm. Er wachte auf und öffnete die Augen. Er fühlte sich wieder wie magnetisiert, allerdings viel weniger, als es einige Tage vorher der Fall gewesen war. Er blickte zum Himmel.

Ein helles, weißes, punktförmiges Licht flog von Ost nach West. „Steve, wach auf", flüsterte er. „Da ist wieder etwas am Himmel." Augenblicklich war Steve wach und blickte empor. Deutlich sahen sie beide das Licht, das sich schnell vorwärtsbewegte. Ohne die Geschwindigkeit erkennbar zu verringern, änderte es einige Male abrupt die Richtung und verschwand schließlich hinter einem Berg. Wheelie erzählte von seinem Traum und von seinem komischen, kribbeligen Gefühl. „Irgend etwas Seltsames geht hier vor sich, soviel ist sicher", sagte Steve und kratzte sich nachdenklich hinterm Ohr. „Irgend etwas - oder irgend jemand – rauscht hier durch die Gegend und du reagierst irgendwie darauf."

Wheelie war ein wenig aufgewühlt. Lebhafte Visionen zu haben gehörte normalerweise nicht zu seinen Erfahrungen, und dass sie von einem geheimnisvollen hellen Ding ohne sein Zutun ausgelöst wurden, beschäftigte ihn. Aber Steves Einschätzung nach handelte es sich um einen physikalischen Effekt, und dies beruhigte ihn etwas. Damit konnte er umgehen.

Am nächsten Tag stiegen sie einige Höhenmeter ab und fuhren durch eine schmale, dicht mit Sträuchern und niedrigen Bäumen bewachsene Talsohle. Der Boden war mit Erde bedeckt und stellenweise schattig und feucht, so dass sich mitunter kleine Lachen gebildet hatten. Die ersten blutsaugenden Insekten waren geschlüpft, und auch wenn ihre Populationsdichte noch weit von ihrem Maximum in einigen Wochen entfernt war, so forderten sie doch ihren Wegezoll in Form zahlreicher unangenehm juckender Einstiche an Armen und Beinen.

Die Morgensonne schien durch das Blätterwerk. Dunstschleier stiegen vom Boden auf und durchfeuchteten Steves T-Shirt, so dass er im Fahrtwind leicht zu frösteln begann. Die noch flach einfallenden Sonnenstrahlen tauchten das Gelände in ein Meer unterschiedlicher, satter Grüntöne. Nach einer Weile wich das Buschwerk einem locker bestandenen Nadelholzwald. Die Luft roch würzig vom Harz der Bäume, es wurde angenehm warm und Steves Kleidung war bald wieder getrocknet. Schließlich gelangten sie an den Rand einer etwa eineinhalb Kilometer breiten, tiefen Schlucht.

„Unnötig zu sagen, dass wir hier weder hinunter noch hinüber kommen", stellte Wheelie fest, nur um jeglichem eventuellen wahnwitzigen Ansatz dahingehend gleich vorzubeugen. Zwar war diesmal kein kaltes Wasser involviert, aber trotzdem. Wheelie war ein extrem geländegängiges Bike und Steve ein furchtloser, geschickter Fahrer, und beide nutzten dies oft bis zur Grenze des Machbaren aus - und manchmal auch ein bisschen darüber hinaus - aber zu viel war definitiv zu viel. „Das sehe ich genauso", pflichtete Steve seinem Bike bei. „Nur, wie machen wir jetzt weiter? Lässt sich die Schlucht umfahren, und wenn ja, in welcher Richtung? Nach Süden oder Norden? Ich komme da im Moment gerade nicht so recht weiter." Doch auf Wheelies Beobachtungsgabe war Verlass. Aus den Augenwinkeln war ihm auf der gegenüberliegenden

Seite der Schlucht etwas aufgefallen. Ein Aufblitzen im Grün des Waldes, grell und so kurz, dass es kaum wahrnehmbar war. „Was ist?", fragte Steve, dem dies entgangen war. Aber er merkte, dass sein Bike von irgend etwas abgelenkt wurde. „Keine Zeit ... ich riskier's ..." murmelte Wheelie, ohne seinen Blick von der fraglichen Stelle abzuwenden. Lang, kurz, für den Buchstaben N, wie Norden, signalisierte er mit seinem rechten Auge, das er zu Beleuchtungszwecken ein- und ausschalten konnte wie einen Scheinwerfer. Die Nachricht kam an. Kurz, kurz, kurz, morste ein kleiner Handspiegel zurück. Und schließlich noch lang, lang, lang, kurz, kurz, für die Zahl 8. „S wie Süden, wir sollen nach Süden fahren! Ich bin mir sicher, dass das Peter ist!" freute er sich. „Entschuldige, ich musste mich schnell entscheiden", fügte er noch hinzu.

„Gut gemacht, Wheelie!", lobte Steve. „Hm, acht Tage zu Fuß, was? Wir schaffen das vermutlich in drei." Steve war schnell von Begriff und hatte auch ohne große Erklärungen verstanden, worum es ging. Kurz, kurz, kurz, lang für ‚Verstanden' morsten sie zurück. Kurz, kurz, kurz, lang, kurz, lang, ‚Ende der Kommunikation', kam die Antwort. Gut, dass Erik ihnen damals während seines Aufenthaltes in ihrer Hütte die wichtigsten Morsezeichen beigebracht hatte.

„Dann mal los!" sagte Steve, wie so oft, wenn sie aufbrachen. Sie fuhren also nach Süden, immer dem Wildwechsel folgend, der sie mal gefährlich nahe an die Abbruchkante der Schlucht brachte, um dann wieder in einem weiten Bogen von ihr weg durchs Unterholz zu führen. Einige Bäche, die jedoch leicht überquert werden konnten, schlängelten sich durch den Wald, um sich dann abrupt als Wasserfälle mit ihren in allen

Regenbogenfarben schillernden Gischten spektakulär in die Tiefe zu stürzen.

Sie kamen gut voran. Die Nächte waren ruhig. Es gab keine seltsamen Geräusche, keine ungewöhnlichen Lichter und kein weiteres Fährtenzeichen von Peter. Am späten Nachmittag des dritten Tages erreichten sie die Stelle, von der aus sie die Morsenachricht erhalten hatten. Ein schmaler Pfad führte sie in einen schwachstämmigen Kiefernwald. Sie folgten ihm etwa eine Stunde, bis sie unvermutet an eine Felswand gelangten. Hinter einigen großen Felsen lag gut geschützt der Eingang einer Höhle. „Steve, Wheelie!", tönte es heraus. „Ich wusste, ihr würdet mich finden! Kommt herein, hier sind wir sicher!"

Streng geheim

„Peter!", riefen Steve und Wheelie wie aus einem Munde.
Peter kam ihnen freudestrahlend entgegen und schüttelte vor
lauter Begeisterung gleichzeitig mit der einen Hand Steves
Hand und mit der anderen Wheelies Lenker. „Schön, dich
gesund und munter zu sehen, Peter!", freute sich Steve.
„Aber natürlich haben wir von einem exzellenten Waldläufer
wie dir auch nichts anders erwartet", ergänzte Wheelie
lachend. Seine Freude darüber, Peter wiederzusehen, stand
ihm ins Gesicht geschrieben.
„Kann ich euch irgend etwas anbieten? Ich habe Bannock
gebacken, ich habe geräucherten Fisch, Brennnesselgemüse,
gerösteten Zichorienkaffee und frisch aufgebrühten
Fichtennadeltee. Und ich habe ein schönes, gemütliches
Lagerfeuer. Da kannst du dir ein Schlückchen Leinöl wärmen,
Wheelie. Ich vermute, ihr habt die letzte Zeit weitgehend
auf ein Feuer verzichtet auf eurer Fahrt hierher. Peter
kannte Wheelies Gewohnheiten aus der gemeinsamen Zeit in
ihrer Hütte inzwischen recht gut.

Die Höhle war behaglich anzusehen. Sie maß etwa zehn
Meter im Durchmesser, war zirka fünfeinhalb Meter hoch
und kuppelartig, aber unregelmäßig, geformt. Der Boden war
sandig und trocken, und etliche größere und kleinere Steine
lagen herum. In der Decke waren Risse und Spalten, durch
die der Rauch des Lagerfeuers abzog, ohne dass man ihn von

außen sehen konnte. Der Eingang hatte ungefähr die Größe eines hohen Garagentors. Hätte die Höhle einen zweiten Notausgang gehabt, wäre sie perfekt gewesen. Aber auch so bot sie ein erstklassiges Quartier, in dem man lange Zeit gut und unentdeckt leben konnte.

Am Eingang hatte Peter eine Alarmschnur gespannt, die sein Kochgeschirr bewegen und ihn sofort wecken sollte, falls sich nachts ungebetener Besuch näherte. Er hatte sich das Lager nahe der Felswand bereitet, so dass er von dieser Seite vor etwaigen Angriffen geschützt war und den Eingang immer im Blick hatte. Außerdem reflektierte sie die Wärme seines Lagerfeuers, so dass er es schön warm hatte und nicht einmal unbedingt seinen Schlafsack benutzen musste. Messer, Axt, ein selbst geschnitzter Speer aus Holz sowie sein zuverlässiger Unterhebelkarabiner - ein Geschenk seines Großvaters - lagen in Griffweite, sollte er diese Dinge benötigen, um sich gegen Bären, Wölfe oder andere Eindringlinge, die ihm schaden wollten, zu verteidigen. Daneben lag ein großer Vorrat an Brennholz für etwa zwei Wochen und am Kopfende seines Lagers aus frischen Fichtenästen ein kleineres Bündel für die Nacht, so dass er, wenn er wollte, ohne aufzustehen Holz nachlegen konnte. Alles war in seiner Einfachheit durchdacht und organisiert.

Peter war ein freundlicher, hilfsbereiter junger Mann, der bereit war, für seine Freunde oder seine Familie sein letztes Hemd herzugeben. Aber man spürte auch, dass mit ihm nicht gut Kirschen essen war, sollte es nötig sein, sich oder andere zu schützen. Peters Großvater, der Ranger, hatte seinem Enkel seinerzeit viel beigebracht und ihn gut trainiert. Peter, Steve und Wheelie machten es sich am Feuer bequem. Wheelie genoss es durchaus, wenn die wohlige Hitze der Flammen seinen Metallrahmen erwärmte. So, wie auch wir es genießen, wenn wir unsere kalten, klammen Finger am Feuer aufwärmen dürfen. Wheelie hatte eine Tasse mit etwas Leinöl vor sich stehen und Steve und Peter tranken Zichorienkaffee. „Nun erzähl mal, Peter, warum hast du extra für uns Spuren hinterlassen, wo du sonst so sehr darauf bedacht warst, keine zu hinterlassen. Worum geht es hier? Ich glaube nicht, dass du aus Jux und Tollerei eine Schnitzeljagd für uns veranstaltet hast." Steve und Wheelie blickten Peter erwartungsvoll an.

Abbildung 3: Im Versteck

„Ich habe euch meine Spur hinterlassen, weil ich euch um eure Hilfe bitten möchte. Aber es ist ...", er machte eine kurze Pause, so als ob er nicht ganz sicher war, ob er wirklich weiterreden sollte, „... gefährlich. Wenn ihr mir helfen wollt, muss ich euch Dinge sagen, die ihr normalerweise nicht hören dürftet. Und ich bringe euch damit in Gefahr, sogar in große Gefahr, leider. Aber mir wurde eigentlich schon bei euch in eurer Hütte klar, dass ich es alleine wahrscheinlich nicht schaffen werde. Diesmal nicht. Trotzdem bin ich erst einmal alleine los gezogen, wie es mein Auftrag ist." Die letzten Worte waren mehr an sich selbst gerichtet als an seine Freunde. „Es geht um nicht weniger als um die Sicherheit der ganzen Welt. Möglicherweise. Also, noch können wir das Gespräch beenden und ihr könnt umkehren. Ich würde es euch nicht übel nehmen."

„Das klingt ein bisschen unheimlich", sagte Steve, „aber wir sind gewiss nicht gekommen, um jetzt zu kneifen. Was es auch ist, wir sind dabei! Nicht wahr, Wheelie?" „Auf jeden Fall!", bekräftigte Wheelie. „Ganz gleich, worum es geht! Wenn du uns hergebeten hast, hattest du deine Gründe. Und die waren gut überlegt, da sind wir uns absolut sicher." „Na gut, dann sei es so. Ich muss etwas ausholen: Wie ihr wisst, arbeite ich für die hiesige Universität. Meistens als Kundschafter und Expeditionsleiter. Und noch ein paar andere Dinge. Ich gehe also in abgelegene Gegenden, kundschafte diese aus, beurteile, ob dieses und jenes dort machbar ist oder nicht und bereite alles vor, bevor wir dann Camps errichten und die Wissenschaftler mit ihrer ganzen Ausrüstung kommen und ihre Arbeit aufnehmen. Aber das ist nur die halbe Wahrheit." Peter legte zwei Scheite Holz aufs Feuer. Steve und Wheelie blickten ihn gespannt an. „Die ganze Wahrheit ist: Dieser Auftrag ist sozusagen inoffiziell," fuhr er fort, „offiziell bin ich auf einer Erkundungstour weit oben im Norden. Tatsächlich bin ich hier auf Bitten von Professor Murpelius, um das Geheimnis des Höhlengebirges zu lüften. Er hält das für extrem wichtig. Hier gehen merkwürdige Dinge vor sich. Und zwar seit langem. Schon Trapper früherer Zeiten berichteten von seltsamen Lichterscheinungen am Himmel und von furchteinflößenden Geräuschen.

Wanderer sahen angeblich mit eigenen Augen, wie Sterne plötzlich vom Himmel fielen und vom Erdboden verschluckt wurden. Die Ureinwohner fertigten Höhlenmalereien an, die wir nicht verstehen. Hier in diesen Bergen funktioniert keine Satellitennavigation, kein Funkgerät, kein Radar. Elektronische Geräte spielen hier verrückt oder gehen einfach gar nicht. Selbst das Militär kann diese unzugängliche Region kaum schützen. Nur wenige erfahrene Piloten können hier trotz ausfallender Geräte fliegen, und das auch nur eingeschränkt. Es hat auch schon Abstürze deswegen gegeben. Aber – und jetzt kommt's – am Rand der Region, die von den Störungen betroffen ist, funktionieren die Geräte plötzlich wieder tadellos. Und gelegentlich treten die Lichterscheinungen dort auch auf und konnten dokumentiert werden.

Es gibt Fotos, Tonaufnahmen, Infrarotbilder und Radarbilder. Harte Beweise also. Und die zeigen: dieses Phänomen ist physisch. Oder anders ausgedrückt: Irgendwas oder irgendwer fliegt hier seit langem nach Lust und Laune durch die Gegend, und niemand weiß, wie oder warum oder um was es sich handelt.

Das wirft natürlich Fragen auf und macht etliche wichtige Leute sehr nervös. Allerdings wurden alle offiziellen Nachforschungen schon vor Jahrzehnten eingestellt, weil man einfach nicht weiterkam. Zu teuer, zu viele Verluste.
Alle Operationen hier waren erfolglos. Es gab schlicht keine weiteren Ergebnisse. Es gibt allerdings auch keine Forschungsgelder oder Genehmigungen mehr für diese Region. Manche glauben auch an Sabotage. Möglicherweise haben Abtrünnige in den Geheimdiensten und beim Militär die offiziellen Ermittlungen unterwandert, um die Ergebnisse für ihre eigenen, finsteren Machenschaften zu nutzen. Deshalb haben gewisse Leute Professor Murpelius darauf angesprochen, ob er nicht in einer verdeckten Untersuchung versuchen könnte, hier Licht ins Dunkel zu bringen. Der Professor hat mich gebeten, mich hier umzusehen, um das Rätsel dann hoffentlich lösen zu können. Alleine und unauffällig. Ohne Unterstützung und möglicherweise umgeben von Feinden. Meine Tarnung ist die eines Trappers, der auf der Suche nach einem neuen Jagdgebiet durch die Wälder zieht. Allerdings wurde die Unwegsamkeit der Gegend von allen unterschätzt. Kein Wunder, es ist einer der letzten weißen Flecken auf der Landkarte.

Das Problem ist, mein Aktionsradius ist hier einfach zu klein, ich bin ja nur zu Fuß. Und da kommt ihr beide ins Spiel: ihr seid schnell, kommt weit herum, viel weiter, als ich das könnte, und ihr seid gute Beobachter. Ihr habt Erfahrung in der Wildnis und ihr seid unauffällig. Selbst wenn ihr gesehen werden würdet, so würde man Steve einfach für einen verrückten Extremsportler halten, der es sich in den Kopf gesetzt hat, eben gerade hierher mit dem Mountainbike zu fahren, weil es so schwierig ist. Extremsportler machen die ganze Zeit irgendwo auf der Welt verrückte Sachen. Wir hätten hier in der Höhle unser Gruppenversteck, würden uns regelmäßig treffen und einander dann Bericht erstatten. Wollt ihr das tun?" „Du kannst auf uns zählen", sagte Steve und Wheelie nickte entschlossen. „Na dann: Willkommen im Team der Operation ‚Jagdrevier'", sagte Peter erleichtert. Damit war die Sache besiegelt.

Inzwischen war es draußen dunkel geworden. Aber auf einmal schimmerte ein unnatürliches Licht in die Höhle. Peter, Steve und Wheelie gingen zum Eingang. In vielleicht zwei Kilometern Höhe tanzte ein neonfarbenes, bläuliches Licht langsam über den nächtlichen Himmel. Es wechselte seine Farbe über Gelb nach Rot, manchmal ein wenig Grün und schließlich zurück nach Blau und hinterließ einen kilometerlangen, bunten Lichtschweif. In der Ferne hörte man das gedämpfte Brüllen der Düsentriebwerke zweier Abfangjäger der Luftstreitkräfte. Abrupt verschwand das Licht mitsamt seinem Schweif, die Jäger drehten ab und es herrschte wieder Stille. Wheelie fiel auf, dass er diesmal nichts gespürt hatte, behielt dies aber für sich. „Junge, Junge, da könnten einem die Knie schon weich werden bei dem Anblick", sagte Steve. „Hast du Angst?", fragte Peter. „Ein bisschen", antwortete Steve. „Ich auch", sagte Peter.

Ein Stern fällt vom Himmel

Der Morgen war friedlich und mild. Die aufgehende Sonne tauchte die Natur in ein goldenes Lichtermeer und weckte sanft die Lebensgeister ihrer Bewohner. Im hellen Glanz des neuen Tages verlor die unheimliche Beobachtung der letzten Nacht rasch ihren Schrecken und das Team machte eifrig Pläne.

„Ich fasse zusammen:", sagte Peter, „Führt bitte eine Projektkladde, also ein Expeditionstagebuch. Professor Murpelius hat einen Code ausgearbeitet, der zu meiner Tarnung als Trapper passt. Also zum Beispiel: ‚drei große Biber am Tümpel gesichtet' bedeutet, drei Kampfjets des Militärs waren in der und der Region. Oder ‚blauer Eisvogel, schönes Lied' bedeutet, blaue Lichterscheinung mit Geräusch gesehen und gehört. Kurze Einträge genügen. Aber notiert alles, was euch wichtig erscheint. Hier habt ihr die Liste der Codebegriffe. Lernt sie auswendig und verbrennt sie dann. Die Aufzeichnungen dürfen nicht in falsche Hände gelangen. Ich erwähne den Professor deshalb, damit ihr wisst, wen ihr kontaktieren müsst, falls ich ... ausfallen sollte. Sein Büro ist unser Hauptquartier.

"Wheelie guckte etwas betreten. Nie im Leben durfte Peter etwas zustoßen. Nicht, wenn er, Wheelie, es verhindern konnte. „Hier ist grobes Kartenmaterial", fuhr Peter fort, „das könnt ihr ergänzen oder, wo es eventuell falsch ist, korrigieren. Da könnt ihr auch Wegpunkte und euren jeweiligen Standort einzeichnen. Ich nehme mir die Gegend im Umkreis von etwa dreißig Kilometern vor, ihr bis ungefähr hundertfünfzig Kilometer. Wo und wie ihr sucht, bleibt euch überlassen. Niemand weiß, was letztlich zum Erfolg führt. Jetzt geht es erst einmal darum, Hinweise, wiederkehrende Muster und wenn möglich, physische Spuren zu finden und zu dokumentieren. Und achtet auf Dolinen, die gibt es hier zum Teil in recht großer Zahl."

„Was sind Dolinen?", fragte Wheelie. „Dolinen sind vereinfacht gesagt durch Verwitterung und Auswaschung entstandene, mehr oder weniger große und tiefe Löcher im Boden. Sie können durch Schnee abgedeckt sein, so dass man sie nicht sieht. Sie können sehr tief sein. Aber auch nur ein paar Meter sind ein Problem, weil es oft unmöglich ist, aus eigener Kraft wieder hinaus zu klettern", erklärte Peter. „Ah, okay. Gut zu wissen", sagte Wheelie. „Morgen früh brechen wir auf. In zehn Tagen treffen wir uns wieder hier. Alles klar?" Peter blickte sachlich und ernst in die Runde, wie ein echter Expeditionsleiter bei einer Einsatzbesprechung eben.

„Alles klar!", sagte Steve und verstaute Liste, Kladde und Bleistift in der linken Beintasche seiner Hose. Er fühlte sich ein wenig wie eine Mischung aus Forscher und Geheimagent. Das war ganz schön spannend! Peter sah Steve und Wheelie freundlich an. Er war dankbar für ihre Hilfe. Sie machten drei Touren zu wie besprochen je zehn Tagen. Dazwischen trafen sie sich in der Höhle und legten zwei Tage Pause ein, um sich zu erholen. Peter nahm sich die schwer erreichbaren Orte vor. Er kletterte auf höhergelegene Aussichtspunkte, zwängte sich durch Felsspalten, durchquerte auf schmalen Pfaden gefährliche Hochmoore und quälte sich durch faulige, stinkende und mückenverseuchte Brackwassergebiete.

Steve und Wheelie fuhren unermüdlich, Kilometer um Kilometer, auf Wildwechseln, über Felsplateaus, entlang riskanter Gebirgspässe und durch Wind und Frost über verharschte Schneefelder an Hängen und auf Hochebenen und übernachteten in provisorischen Schneelöchern, die sie in aufgetürmte Verwehungen gruben. Ihre Wegstrecken trugen sie in ihre Karten ein, aber ansonsten gab es nicht viel zu berichten. Sie sahen keine seltsamen Lichter, hörten keine merkwürdigen Geräusche und bemerkten auch keine Aktivitäten, die auf eventuelle Militäroperationen in diesem Gebiet hinwiesen.

Einzig ein Vorkommnis war erwähnenswert, und zwar, als Steve und Wheelie in eine Doline fielen. Peter hatte sie gewarnt, aber trotz aller Vorsicht hatte es sie erwischt. Nichts deutete auf dem Schneefeld darauf hin, dass sich darunter ein gefährlicher Hohlraum verbarg. Manchmal konnte man ein kleines Loch im Schnee sehen, aus dem kaum sichtbar von wärmerem flüssigen Wasser darunter verursacht, etwas Dampf entwich. Dann wusste man, dass man diese Stelle besser großzügig umfahren sollte. Doch das war hier nicht der Fall. Plötzlich und unvermutet gab der Boden unter Wheelies Rädern nach und sie stürzten in die Tiefe.

Sie hatten Glück im Unglück, dass die nahezu kreisrunde Doline nicht sehr groß war und sie weich im Schnee landeten, doch stellten die etwa sechs Meter hohen und spiegelglatt vereisten Wände ein Problem dar. Es war schlicht unmöglich, daran hochzuklettern. Und wie es mit scheinbar unlösbaren Problemen meist so ist, lag die Lösung in einer Änderung der Sichtweise. Anstatt die glatten Wände länger als Hindernis auf dem Weg in die Freiheit wahrzunehmen, begannen sie, sie als Möglichkeit zu betrachten. Wenn ein gerader Weg nach oben nicht möglich war, so mussten sie eben einen krummen nehmen. Sie suchten in Steves Zauberrucksack, der innen immer viel größer war als außen – ein Umstand, von dem Steve gar nicht wusste, dass er etwas ganz Besonderes war, weil er noch nie einen anderen Rucksack besessen hatte – nach Wheelies Spikereifen und montierten diese.

Die Doline maß ungefähr vier Meter im Durchmesser. Sie nahmen Anlauf, sprangen in die Wand und beschleunigten, so schnell sie konnten. Den Steilwandfahrern auf den Rummelplätzen gleich nutzten sie so die Zentrifugalkraft und schraubten sich wie in einem großen Gewinde höher und höher, bis sie schließlich den oberen Rand erreichten und ins Freie hüpfen konnten. Man muss der Ehrlichkeit halber natürlich hinzufügen: Ohne Wheelies große Leistungsreserve, die weit über der eines starken Geländemotorrads lag, und ihrer fahrerischen Geschicklichkeit als eingespieltes Team aus Biker und Bike, wäre ihnen dies nicht möglich gewesen. So jedoch konnten sie ihrem Repertoire an Fahrtricks in der Not ein neues Kunststück erfolgreich hinzufügen.

„Eine Doline wäre ein prima Versteck, wenn man etwas vor neugierigen Blicken verbergen wollte", überlegten sie anschließend gemeinsam und notierten diese Feststellung verschlüsselt in ihrem Expeditionstagebuch.

Abbildung 4: Steilwandfahrer

„Kein Ergebnis ist auch ein Ergebnis", sagte Peter, als sie sich wieder zu einer Besprechung trafen. „Wir haben keinen Fehler gemacht. Wir können nicht in jeden Winkel schauen, aber wir haben uns ein gutes Bild von der Region machen können. Es gibt hier Aktivitäten, doch sie sind selten oder nicht sichtbar. Ich schlage vor, wir ruhen uns morgen aus und machen übermorgen eine gemeinsame Tagestour. Nichts Wildes, einfach spontan ein wenig umherstreifen. Dabei können wir über alles reden, was uns gerade so einfällt und kommen vielleicht dadurch auf neue Ideen."

Nach einem Tag wohlverdienter Ruhe und einem geruhsamen Frühstück brachen sie schließlich wie geplant zu ihrem gemeinsamen Wandertag auf. Steve ging mit Peter zu Fuß, und Wheelie rollte gemütlich neben ihnen her, so dass sie sich alle gut miteinander unterhalten konnten. Es war schönes Wetter und die gemeinsame Unternehmung machte ihnen Freude. Schließlich gelangten sie auf eine Hochebene, die sich weit in alle Richtungen erstreckte. Irgendwie hatten sie alle drei das intuitive Gefühl, dass die Gegend vielversprechend aussah, und sie beschlossen, ihren Plan zu ändern, ihre gemeinsame Tour zu verlängern und auf der Ebene zu übernachten.

Sie wanderten also bis zum frühen Abend und richteten geschützt hinter einer kleinen Felsengruppe ein einfaches Camp ein. Das Wetter würde gut bleiben und so verzichteten sie auf Zelte oder Planen und kampierten unter freiem Himmel. Sie unterhielten ein kleines, unauffälliges, rauchloses Jägerfeuer aus rechtwinklig übereinandergelegten Lagen aus dünnen, trockenen Ästchen, um sich Tee zu kochen und ließen dieses dann ausgehen, nachdem sie sich zum Schlafen hingelegt hatten. Die Dämmerung des Abends ging langsam in die Dunkelheit der Nacht über. Gerade wollten sie sich eine gute Nachtruhe wünschen, als Wheelie flüsterte: „Es kommt etwas!" Durch seinen Fahrradrahmen ging ein leichtes, elektrisierendes Kribbeln. „Wo?", flüsterten Steve und Peter fast gleichzeitig. „Weiß nicht, ... noch nicht ... ah, dort!", murmelte Wheelie und deutete nach oben.

Ein Lichtpunkt, der aussah wie ein Stern unter Sternen, schoss mit einer irrsinnigen Geschwindigkeit über den Himmel. Er flog genau in ihre Richtung. In einer Entfernung von geschätzten zwei Kilometern änderte er plötzlich seine Bahn und stürzte, begleitet von einem metallischen Klingeln, senkrecht und mit unverminderter Geschwindigkeit zu Boden. Sie hielten den Atem an. Der jetzt unmittelbar bevorstehende Einschlag würde fürchterlich sein. Sie starrten bewegungslos in die Nacht. In Erwartung einer gewaltigen Explosion öffneten sie den Mund, damit ihnen in der entstehenden Druckwelle nicht die Trommelfelle platzen würden. Das Licht raste zu Boden - und verschwand. Nichts war explodiert, nichts war zerschellt, nichts war zu hören und kein Licht war mehr zu sehen. Es geschah einfach - gar nichts.

„Das hätte ich nicht erwartet", sagte Peter verblüfft. Kurz darauf donnerten drei Militärkampfjets mit ohrenbetäubendem Getöse im Tiefflug über sie hinweg in Richtung der Absturzstelle, flogen eine Schleife und verschwanden so schnell in der Nacht, wie sie gekommen waren. Ohne funktionierende elektronische Aufklärungsgeräte konnten die Piloten nur auf Sicht fliegen, und im Dunkeln sahen sie weder Peter, Steve noch Wheelie noch irgendwelche Anzeichen, die auf den Verbleib des mysteriösen Objektes hindeuteten. „Woher wusstest du, das etwas kommen wird, Wheelie?", fragte Peter. Wheelie erklärte seine Reaktion. War er sich vorher nicht hundertprozentig sicher, dass dies etwas mit den Erscheinungen zu tun hatte, so war er es jetzt. Es bestand kein Zweifel: irgend etwas in ihm reagierte darauf.

„Bist du okay? Geht es dir gut?", fragte Steve sein Bike. „Ja, ich bin okay", antwortete Wheelie. „Langsam gewöhne ich mich daran." „Gut", sagte Peter. „Heute können wir nichts mehr tun. Das wäre Wahnsinn, jetzt in der Dunkelheit. Ich

schlage vor, wir gehen schlafen und halten abwechselnd Wache. Morgen suchen wir dann nach der Absturzstelle – falls es eine gibt und sich das Ding nicht einfach in Luft aufgelöst hat. Ich übernehme die erste Wache. Schlaft gut."
Steve und Wheelie fielen bald in einen leichten Schlummer, während Peter hinaus in die Nacht lauschte. Nach drei Stunden löste Steve ihn ab, und nach weiteren drei Stunden übernahm Wheelie den Rest der Wache bis zum Morgen. Alles blieb ruhig.

Überraschung im Schnee

Am Morgen brachen sie ihr Lager ab und machten sich leidlich ausgeschlafen auf den Weg. „Wir müssen extrem vorsichtig sein, wir wissen nicht, was uns erwartet", sagte Peter. Nach einer Weile näherten sie sich dem Gebiet, in dem die Absturzstelle liegen sollte. „Hier in etwa müsste es sein", meinte Steve und ließ seinen Blick über die mit Blaubeeren und Erika bewachsene Landschaft schweifen. Da bemerkte er eine Gruppe junger Bäumchen und einige größere Findlinge, die auffallend regelmäßig im Kreis angeordnet zu sein schienen. Sie gingen hinüber und gelangten an den Rand einer Doline, die um die zwanzig Meter im Durchmesser gewesen sein mochte.

„Flugzeuge! In Deckung!", rief Wheelie plötzlich. Sie warfen sich hinter den Steinen ins Gebüsch. *WRRRRUUUUMMMM!* Vier Abfangjäger brausten, aus Richtung der aufgehenden Sonne kommend, mit donnernden Triebwerken über sie hinweg.

ZZZZSSSCHHHHIIIUUUUUU! kam vom Grund der Doline her die Antwort, und ein silbrig-metallisches Objekt, eingehüllt in bunte Farben wie in einer Art Seifenblase, schoss wie ein Projektil senkrecht gen Himmel. „Da spielt jemand Katz und Maus, habe ich so den Eindruck", stellte Steve fest. Die Kampfjets kamen zurück. Zwei von ihnen feuerten jeweils eine Rakete ab, die jedoch ohne ein Ziel zu finden in Richtung Ozean davonflogen. Eine Art Energiestrahl traf eines der Flugzeuge. Er brachte es aber nicht zum Absturz, sondern zwang es irgendwie zum Aufgeben. Die Fliegerstaffel drehte ab und kehrte zu ihrem Stützpunkt zurück. Das Objekt flitzte davon und verschwand hinter einer Bergkette. „Das war kein Katz-und-Maus-Spiel", korrigierte sich Steve, „das war ein Duell. Und das Ding hat gewonnen."

„Wir sollten uns die Doline mal ansehen", sagte Peter und trat aus dem Schutz der Bäume ins Freie. Vorsichtig gingen sie bis zum Rand des großen Loches im Boden. Es war nichts Ungewöhnliches zu sehen. „Das müssten so ungefähr fünfzig Meter bis zum Grund sein", schätzte Wheelie. „Ich würde gerne mal den Boden der Doline untersuchen. Aber wir haben kein Seil, das bis hinunter reicht", meinte Peter. Sie sahen mit ihren Ferngläsern hinunter, konnten aber nicht sehr viel erkennen. Peter fuhr fort: „Auf jeden Fall kann man folgendes festhalten: Erstens, es handelt sich bei dem Phänomen eindeutig um ein physisches Objekt. Zweitens, es ist sehr schnell geflogen. Grob geschätzt vielleicht fünfzig Mal schneller als die Jagdflugzeuge. Kampfjets können bis zu ungefähr dreitausendfünfhundert Kilometer pro Stunde schnell sein, das heißt, das Objekt ist mit ungefähr einhundertfünfundsiebzigtausend Stundenkilometern geflogen und dann mit dieser Geschwindigkeit senkrecht zu Boden gestürzt. Dann hat es innerhalb von maximal fünfzig Metern, also bis zum Boden der Doline, auf null verzögert, und einige Stunden später ist es gestartet und hat auf dieser Strecke wieder von null auf einhundertfünfundsiebzigtausend Sachen beschleunigt.

In dem Tempo fliegt das Ding in ungefähr einer Viertelstunde einmal um den Äquator. Jedes technische Objekt, das wir kennen, wäre nach diesem Absturz schlichtweg direkt beim Aufprall verdampft und hätte einen riesigen Krater hinterlassen.

Unser Objekt hier konnte aber offensichtlich ganz gemütlich abbremsen, landen und wieder starten. Und dabei noch, quasi aus der Hüfte, auf eines der Militärflugzeuge schießen und es treffen. Das heißt, es handelt sich entweder um eine unglaublich weit entwickelte, streng geheime Militärtechnik oder ...", Peter pausierte und blickte Steve und Wheelie direkt ins Gesicht, „... um ein Objekt, das nicht von dieser Welt stammt." Steve und Wheelie sahen sich an und nickten dann zustimmend. Sie alle machten entsprechende Einträge in ihren Expeditionstagebüchern und vervollständigten ihre Landkarten. „Wir sollten vorsichtshalber von der Bildfläche verschwinden", sagte Steve nach einer Weile. „Ich schlage vor, wir verdrücken uns ins Gebüsch, steigen am Berghang einige Höhenmeter auf und suchen uns einen unverdächtigen Ort, von dem aus man die Ebene überblicken kann. Von dort aus beobachten wir, ob sich hier irgend etwas tut."

Peter und Wheelie hatten keine Einwände und so taten sie, wie vorgeschlagen. Sie fanden einen guten, geschützten Platz, von dem aus sie die Ebene im Blick hatten. Dort richteten sie in einer Gruppe junger Bergkiefern einen Beobachtungsstand ein und überwachten abwechselnd die Landschaft vor ihnen. Nach etwa drei Stunden hörten sie das laute Klopfen einiger Hubschrauber. Ohne zu landen und sich mit der Erkundung des Geländes aufzuhalten, blieb einer genau über der Doline in der Luft stehen. Die anderen sicherten den Einsatzort. Ein Kommando von fünf Soldaten seilte sich rasch und geübt tief in die Doline hinein ab. Nur wenige Minuten später wurden sie wieder empor gezogen und die Hubschrauber begaben sich auf den Rückflug. Die ganze Operation dauerte keine zehn Minuten. „Das waren Elitesoldaten. Die wussten genau, wonach sie suchten. Und sie haben es entweder gefunden, oder auch nicht. Ich wüsste zu gerne, was sie da unten wollten", kommentierte Peter die Aktion. „Also entweder kommt jetzt bald jemand zu uns und wir stecken in echten Schwierigkeiten, oder wir sind unentdeckt geblieben. Mit den Jungs ist ganz sicher nicht zu spaßen. Hoffen wir das Beste." Doch niemand kam, und sie konnten ihre Beobachtung ungestört fortsetzen.

Obwohl sie ihre Verpflegung stark rationiert hatten, war nach fünf weiteren Tagen im Feld nicht mehr viel davon übrig. „Wir müssen zurück zur Höhle, wir brauchen Nachschub", sagte Peter. Sie packten zusammen und machten sich auf den Weg. Sie blieben zwei Tage in ihrem Versteck, aßen sich satt und holten etwas Schlaf nach. Ermutigt von den Ergebnissen beschlossen sie, ihre Operation in eine andere Richtung auszudehnen. Nach einigen Tagen wiederholten sich die Ereignisse.

Wheelie spürte ein elektromagnetisches Kribbeln, ein Licht schoss über den Himmel, Abfangjäger kamen, es gab einen kurzen Luftkampf, ein Jäger wurde getroffen und die Fliegerstaffel drehte ab und flog zurück zum Stützpunkt. Allerdings schien diesmal auch das Objekt beeinträchtigt worden zu sein. Es wurde langsamer und taumelte über den Himmel. Zwar gelang es ihm, seinen Flug etwas zu stabilisieren, doch sank es unaufhaltsam zu Boden, um schließlich in einem Schneefeld zu havarieren.
„Das ist unsere Chance!", rief Peter mit klopfendem Herzen. „Oder unser Verderben. Jedenfalls kommt so eine Gelegenheit nicht wieder. Aber wir haben einen Job zu erledigen."

Steve und Wheelie nickten, nicht weniger aufgeregt. „Okay, durchatmen und los! Es ist nur eine Frage der Zeit, bis die Soldaten auch hier sind." Mit diesen Worten setzen sie sich in Bewegung. Als sie den Schnee betraten stellten sie fest, dass sie etwa knöcheltief einsanken und deutlich sichtbare Spuren hinterließen. „Darauf können wir jetzt keine Rücksicht nehmen", sagte Steve, „mit der Geheimhaltung ist es nun vorbei. Vielleicht haben wir ja Glück und unsere Spuren schmelzen rechtzeitig in der Sonne." „Komischerweise spüre ich nichts mehr", sagte Wheelie und meinte damit das Kribbeln. „Hier riecht es komisch", stellte Peter fest, „irgendwie metallisch verbrannt." Er drehte sich um die eigene Achse und versuchte zu orten, von wo der seltsame Geruch herkam. „Ich sehe etwas!", rief Wheelie und rollte weiter. Steve und Peter folgten ihm.

Wheelie blieb stehen. Nicht weit von ihnen entfernt war ein Kreis von etwa sechs bis acht Metern im Durchmesser erkennbar, in dem der Schnee geschmolzen und die Vegetation teilweise bis auf den blanken Boden verbrannt war. Deutlich zu sehen war ein offensichtlicher Flugkörper, der schräg in einer Schneewechte steckte.
Sie näherten sich dem Objekt. Silbern glänzte es in der Sonne, mit bunten Schlieren wie aus warmer Luft, die über seiner Oberfläche tanzten. Etwa zwei Drittel ragten aus der Wechte heraus, der Rest lag darunter verborgen. Es war glatt und rund und wies einige Beschädigungen auf, wahrscheinlich dort, wo es getroffen worden war. Der Schaden wirkte allerdings vergleichsweise gering. Das Objekt war offensichtlich sehr widerstandsfähig. Eine Art Tür stand offen. Etwas lag davor im Schnee.

Ping

„Das ist ... irgend jemand!", rief Wheelie, der als erster
dort war, mit gedämpfter Stimme. Peter nahm vorsichtshalber
seinen Karabiner aus dem Futteral am Rucksack. Die Situation
fühlte sich zwar merkwürdigerweise nicht bedrohlich an,
aber für groben Leichtsinn war jetzt nicht die richtige
Zeit.
Wer oder was da lag, hätte der Gestalt und Größe nach
ein Mensch sein können, wäre da nicht etwas gewesen, das
nun so gar nicht menschlich anmutete. Obwohl das Wesen
mit dem Gesicht im Schnee lag, war an Hals und Wange und
an den Händen eine blaue Hautfarbe erkennbar. Es war ein
sehr hübsches Blau und glitzerte ein bisschen wie das Meer
an einem sonnigen Sommertag. Azurblau trifft es wohl am
besten. Es war mit einem silbrig-bunten Overall bekleidet,
der ähnlich aussah wie die Außenhülle seines Flugobjekts.

Sein linker Unterarm war verdreht und sah nicht in Ordnung
aus. Das Wesen war nicht bei Bewusstsein. Peter steckte
den Karabiner wieder zurück in sein Futteral am Rucksack.
„Ich glaube, den brauchen wir nicht." Er packte seine
Unterlegmatte und seinen Schlafsack aus. „Es geht ihm nicht
gut", sagte er. „Wir müssen irgend etwas tun." Steve nahm
die Matte und breitete sie neben der Gestalt aus. Wheelie
behielt die Tür im Auge. Es konnte ja sein, dass das Wesen
nicht alleine unterwegs war. „Wir müssen es erst einmal auf

die Matte legen, sonst unterkühlt es – vermutlich", sagte
Steve. Sie hatten ja keine Ahnung, womit sie es zu tun
hatten.
Der Umstand, dass es vollständig bekleidet war deutete
jedenfalls darauf hin, dass es sich zur Aufrechterhaltung
seiner Körperfunktionen in gewisser Weise schützen musste
wie sie. Auf jedem Fall würde es bestimmt nicht schaden, es
auf die isolierende Unterlage zu legen.

Abbildung 5: Die Absturzstelle

Vorsichtig rollten es Steve und Peter seitlich auf die
Matte und deckten es mit dem Schlafsack zu. Es stöhnte ein

wenig, offenbar hatte es Schmerzen. „Muiwii staknoli pa drchschnu", sagte es leise und hob den gesunden Arm etwas an. Es deutete zur Tür seines Fluggeräts. „Bitte helft mir in mein Shuttle", wiederholte es in ihrer Sprache und begann, sich mühsam aufzurichten. Peter und Steve stützen es links und rechts, und es humpelte zu seinem Schiff. Es war etwas kleiner als sie, aber nicht sehr viel. Wheelie rollte hinterher. Das Wesen deutete auf einen Sitz in einem Abteil der Kabine. Sie brachten es hin und es setzte sich mühsam. „Ich muss mich in Ordnung bringen," sagte es. „Es dauert nicht lange. Bleibt bitte hier."

Es bediente mit der rechten Hand ein Eingabefeld an einer Kugel, die scheinbar stationär irgendwie vor der Lehne schwebte. Eine transparente Kuppel bildete sich über dem Sessel. Die Kabinentür schloss sich. Eine Substanz umhüllte das Wesen. Sie färbte sich lila und eine Art Programm startete. Ganz offensichtlich handelte es sich hier um eine medizinische Behandlung. Wheelies Rahmen kribbelte ein klein wenig. Nachdenklich sah er sich um.
Die Einrichtung des Schiffs wirkte ergonomisch, aber zweckmäßig, technisch und futuristisch. Es handelte sich wohl um ein Nutzfahrzeug. Es gab mindestens eine Trennwand, der Innenraum war in Kompartimente aufgeteilt. So wie es aussah, befanden sie sich gerade im Sanitätsbereich.

„Wir sind hier in diesem Schneefeld absolut auf dem Präsentierteller. Das gefällt mir überhaupt nicht", stellte Peter fest. „Aber bevor unser Freund – ich hoffe sehr, dass es ein Freund ist – wieder herauskommt, lässt sich da wohl nicht viel dran ändern." „Ich schau mal, ob sich draußen etwas tut", kam Wheelie Peters Bitte zuvor und begab sich ins Freie. Er fuhr eine langsame Runde um das Fluggerät und beobachtete den Horizont und den Himmel. Doch er konnte nichts Alarmierendes erkennen, alles sah friedlich aus. Es war kurz nach Mittag. Viel mehr als Warten konnten sie nicht machen.

Nach etwa einer weiteren Stunde ging das Licht der Kuppel aus und sie löste sich irgendwie auf. Das Wesen stand auf und ging langsam auf Steve und Peter zu. Das Humpeln war weg und sein Arm schien wieder normal zu sein. Es sah erholt und geheilt aus und machte ein freundliches Gesicht. „Ich danke euch für eure Hilfe", sagte es. Wheelie steckte neugierig seinen Kopf durch die Kabinentür. Er hatte draußen mitbekommen, dass drin irgend etwas passierte. „Mein Name ist Pinagolikulus, mit Betonung auf dem a. Meine Freunde nennen - oder besser nannten - mich Ping", sagte Ping und verbeugte sich. „Das hier ist Peter, das ist Wheelie und ich bin Steve." Steve und Peter erwiderten die Verbeugung etwas linkisch. Wheelie nickte Ping zu. „Ich kann mir denken, dass ihr Fragen habt. Die will ich euch auch gerne beantworten – später. Jetzt jedoch muss ich erst mein Schiff überprüfen. Es wurde getroffen. Das hätte nicht passieren dürfen. Es wird nicht mehr allzu lange dauern, dann werden die Soldaten kommen und das Gelände absuchen. Ihr gehört nicht zu denen, oder?" Ping sah sie ernst und prüfend an. „Nein", sagte Peter, „wir gehören nicht zu den Soldaten."

„Ich muss das Schiff komplett durchchecken", sagte Ping. „Ihr könnt gerne dabei sein, wenn ihr wollt." Er tat einen Schritt in Richtung der Trennwand und eine Schiebetür gab leise den Durchgang zur Kommandobrücke frei. Die Aufteilung war einem Flugzeug nicht unähnlich, mit Sitzgelegenheiten für Piloten und Passagiere, nur eben moderner und ungewohnter in Form und Aussehen. „Willkommen in meinem Shuttle. Nehmt Platz, wo ihr möchtet". Ping vergaß auch jetzt seine Manieren nicht.

Er setzte sich in den Pilotensessel und machte ein paar rasche Bewegungen mit den Händen. Eine Reihe von Kontrollleuchten ging an und große Teile der Wand wurden transparent. „Wow! Man kann draußen alles sehen", staunte Wheelie. „Wie geht das?" „Die Wände können ihr Kristallgitter ändern, Wheelie. Jetzt sind sie für die Wellenlängen des sichtbaren Lichts durchlässig", erklärte Ping bereitwillig und lächelte. Er freute sich über Wheelies Begeisterung. „Deshalb kannst du hindurchsehen. Sie können blitzschnell glasklar, teilweise durchsichtig oder komplett undurchsichtig sein. Je, nach Bedarf. Im Moment kann man übrigens hinaussehen, aber nicht hinein. Gut. Ich frage jetzt den Gesamtzustand des Schiffes ab." Er sah sich diverse Displays und angezeigte Prüfprotokolle an.

„Es ist nicht startklar. Die Beschädigungen sind zu schwer. Teile des Notbetriebs funktionieren, mehr aber auch nicht", sagte er nach einer Weile. „Dort! Am Horizont!", warnte Wheelie. „Militärjets kommen!" „Das ist nicht gut. Die Tarnvorrichtung funktioniert nämlich nicht", sagte Ping. „Wir müssen das Schiff manuell tarnen!", rief Peter. „Schnell!" Sie eilten ins Freie. Rasch holte Steve eine Schneeschippe, eine Schaufel und einen Spaten aus seinem Rucksack und verteilte das Werkzeug. Ping guckte ungläubig auf den kleinen Rucksack und die großen Schaufeln. „Tut mir leid, der Spaten ist nicht ideal, aber mehr Schneeschippen habe ich leider nicht", entschuldigte sich Steve. Wheelie hatte bereits angefangen, mit seinem Hinterrad große Mengen Schnee auf das gestrandete Flugobjekt zu schleudern. Peter, Steve und Ping schaufelten, was das Zeug hielt, bis das Schiff einem natürlichen Hügel glich. Die Triebwerksgeräusche der Militärflugzeuge kamen näher. „Beeilt euch! Schnell noch die Spuren verwischen und dann hinein!" Steve verstaute die Schaufeln wieder im Rucksack. So nahmen sie weniger Platz weg als in ihren Händen. Sie eilten ins Schiff und verdeckten den Eingang, der sich nicht schließen ließ, mit ein paar Kiefernästen. In dem Moment brauste auch schon die Fliegerstaffel über sie hinweg. Sie hatten jedoch gute Arbeit geleistet und blieben unentdeckt.

„Ich muss in meine Basis. In meine Werkstatt. Nur, wie komme ich dahin?", sagte Ping nach einer Weile. Er grübelte. „Ich glaube, die Antigravitationseinheit bekomme ich im Notprogramm zum Laufen. Dann schwebt das Schiff fünf Meter über dem Boden, aber es bewegt sich noch nicht vorwärts. Hm ... wie könnte man das lösen?" Steve sah Wheelie an. „Wenn es weiter nichts ist, damit kennen wir uns aus, was Wheelie?", lachte Steve. Wheelie nickte zustimmend. Steve erläuterte Ping und Peter ihren Plan. „Ihr zwei seid unglaublich", sagte Peter. „Meint ihr, das geht wirklich?" „Na klar", war sich Wheelie sicher, „Kinderspiel!"

Als die Dunkelheit hereinbrach, konnten die Tiere der Nacht ein merkwürdiges Schauspiel beobachten. Ein Mountainbiker fuhr mit seinen Bike über die Ebene, und an einem Seil führten sie ein großes, silbernes Flugobjekt wie einen riesigen, mit Helium gefüllten Luftballon mit sich. Ping saß im Pilotensessel und nannte Peter, der im Co-Pilotensessel saß, ab und zu den Kurs, dem sie folgen mussten. Peter rief dies dann durch die offene Tür Steve und Wheelie zu. So bewegten sie sich langsam in die Richtung, wo Pings Basis lag.

Unter den Bergen

Sie waren die ganze Nacht unterwegs. Stunde um Stunde, unermüdlich, zogen Steve und Wheelie das Flugobjekt hinter sich her. Im Morgengrauen kamen sie schließlich an eine große Doline. Mindestens zwanzig Meter maß sie im Durchmesser und sie war um die zweihundert Meter tief. „Wir sind am Ziel. Da müssen wir hinunter", sagte Ping, und Peter gab die Meldung weiter nach draußen. „Steve und Wheelie müssen uns präzise mittig über dem Loch ausrichten. Wir dürfen beim Absinken auf keinen Fall die Wände berühren, sonst kippen wir und stürzen hinunter. Das Schiff muss genau waagerecht bleiben. Nur, wie kommen die beiden dann an Bord? Unser Eingang wird ungefähr sieben Meter vom Rand der Doline entfernt sein", überlegte Ping. Peter gab auch diese Meldung weiter.

Steve und Wheelie berieten sich kurz und zogen das Schiff mit Ping und Peter an Bord exakt konzentrisch über die Mitte der Öffnung im Boden. Peter blickte hinüber zu Steve und Wheelie. Was hatten die beiden wohl wieder ausgeheckt? „Kann Ping sein Schiff mal langsam etwas sinken lassen?", fragte Steve. Ping tat wie von ihm gewünscht. „Noch ein bisschen ... noch ein bisschen ... Halt! Perfekt! Danke!", rief Steve hinüber. Wheelie setzte ein paar Meter zurück, kniff die Augen zusammen und nahm Maß. „Das schaffen wir", sagte er. „Okay, los!", rief Steve. Sie nahmen Anlauf und sprangen über den dunklen Abgrund hinweg und genau in die offene Einstiegsluke von Pings Schiff hinein. „Gut gemacht, Wheelie", lobte Steve sein Bike. „Na klaro!", entgegnete Wheelie lässig. Das Schiff schwankte ein wenig. „Ich habe nicht weniger als wieder irgend so ein Husarenstück von euch erwartet. Aber trotzdem, Respekt!", rief Peter. Ping stand der Mund offen. „Ich bin beeindruckt", sagte er.

Steve nahm auf einem der Passagiersitze Platz und Wheelie stellte sich daneben. Langsam sank das Schiff hinunter in die Tiefe. Oft glitten sie bedenklich knapp nur wenige Zentimeter an Hindernissen vorbei. Im oberen Bereich waren dies schräg wachsende Bergkiefern, Birken und Ahorne, denen es gelungen war, sich als Sämling in den Spalten festzuhalten und die nun tiefe Wurzeln in den Fels trieben und hoch zum Licht strebten. Weiter unten waren es große Felsbrocken, die durch Regen und Frost langsam aus der Wand gesprengt wurden und irgendwann ihren Halt verlieren und in die Tiefe stürzen würden. „Man muss sehr genau darauf achten, nicht die Wände zu berühren", wiederholte sich Ping. Steve und Wheelie fanden ihren eigenen Sprung weit weniger spektakulär als die Maßarbeit, die Ping hier an den Tag legte. Sie hatten keine Ahnung, dass er dieses Kunststück normalerweise mit der Geschwindigkeit eines zur Erde rasenden Meteoriten vollbrachte.
Auf einer Höhe von zirka fünfzig Metern über dem Grund der Doline stoppte Ping sanft den Sinkflug seines Schiffes. Ein etwa zehn Meter hoher Ring der Dolinenwand teilte sich in zwei Hälften und fuhr nach oben. Es war das Tor zu einem Hangar. Dahinter wurde die große, in den Berg gearbeitete unterirdische Halle sichtbar. Peter, Steve und Wheelie hielten den Atem an, so überwältigend war der Anblick. „Meint

ihr, ihr könnt euer Kunststück noch einmal vollbringen? Nur in die andere Richtung?", fragte Ping, an Steve und Wheelie gewandt. Sie bejahten dies und sprangen in die Halle. Es war einfacher, weil der Abstand zwischen Schiff und Wand viel geringer und das Tor viel größer war. Dann zogen sie das Schiff hinein. Die Tore schlossen sich nahezu geräuschlos wieder. Von außen war nichts mehr davon zu sehen, dass sich dahinter eine geheime Anlage befand. Ping und Peter stiegen aus. „Dies ist meine Basis. Kommt mit zu den Unterkünften. Ihr habt euch ein wenig Komfort mehr als verdient", sagte er und ging voran.

Die Halle war rund, mit einer Kuppel darüber. In dem Moment, als sie sie betraten, fingen in die Wand eingelassene Elemente aus farblosen Kristallen an, sie mit einem hellen, aber angenehmen Licht zu fluten. Sternförmig angeordnet führten in verschiedene Richtungen Seitenstollen von ihr weg, die nach ein paar Metern durch mächtige Tore aus Metall verschlossen waren. Alles war sehr präzise gefertigt. Die Felswände waren glatt wie Glas. Ein Gang war niedriger und schmaler als die anderen, aber immer noch an die vier bis fünf Meter hoch und ebenso breit. Auch er war durch ein massives Tor verschlossen.

Ping berührte einen Bereich an der Wand und das Tor glitt zur Seite. Er schritt hindurch und Peter, Steve und Wheelie folgten ihm. Das Tor schloss sich wieder. Außer ihnen schien niemand hier zu sein. Die Station wirkte verlassen. Nachdem sie etwa einhundert Meter tief in den Berg gegangen waren, kamen sie rechts an drei Türen vorbei, die deutlich kleiner waren als die anderen Pforten und nur ein ganz klein wenig niedriger als die Türen, die sie als Menschen gewohnt waren. Für Ping waren sie genau richtig. Der große Gang wurde durch eines der mächtigen Tore versperrt. „Das ist keine Basis, das ist eine Festung", dachte sich Peter.

Sie gingen durch eine der seitlichen Türen und befanden sich in einer Art Wohnbereich oder Gemeinschaftsunterkunft. Sie hatten fast ein wenig das Gefühl, den Lounge-Bereich eines Flughafens betreten zu haben. Es gab Stühle, Tische, Sessel und Liegen, die aussahen, als ob sie von Meisterhand aus dem gewachsenen Stein gehauen waren. Alles war sehr akkurat, jedoch sahen die Wände hier nicht verglast aus, sondern wirkten eher seidenmatt. Im Gegensatz zur kühleren Ankunftshalle war es hier angenehm warm. In einem anderen Bereich gab es noch Werkstätten, Technikräume, Labore, Lager, Besprechungsräume, Büros und Sanitätsbereiche. „Hier sind wir sicher", sagte Ping, „macht es euch bequem. Bestimmt seid ihr hungrig. Also ich kann jetzt einen Bissen vertragen."
Wurden sie bisher von der Aufregung und dem überwältigenden Eindruck, den Pings Basis auf sie machte, wachgehalten, so fiel mit dem letzten Satz ihres Gastgebers die Anspannung von ihnen ab und sie spürten, was sie die letzte Zeit geleistet hatten. Zwar kamen sie sich in dieser merkwürdigen Umgebung schon sehr fremd vor, aber Ping tat alles, damit sie sich wohlfühlen konnten und keine Furcht haben mussten. Er kramte in der Küche herum und stellte einiges an Vorräten auf den Tisch.
In Glasbehältern fanden sich getrocknete essbare Früchte und Pilze der Gegend, Marmelade, sowie luftgetrockneter Fisch. Andere beinhalteten verschiedene Flüssigkeiten, unter

anderem Ahornsirup und Birkenwasser. In einem Kasten aus Ton war selbstgebackenes Brot. Auch brachte er Teller, Tassen und Besteck. „Es ist nicht viel", sagte Ping entschuldigend, „leider muss ich bei der Verpflegung improvisieren. Na ja, bei allem anderen eigentlich auch."

„Nicht viel? Ich bin lange nicht so gut bewirtet worden!" rief Peter. Steve stimmte zu. „Ich weiß leider nicht, was du gerne zu dir nimmst, Wheelie. Ich würde dir so gerne etwas Gutes tun für deine Mühe", sagte Ping. „Hast du vielleicht ein Schlückchen Öl?", fragte Wheelie. „Ja, habe ich. Was möchtest du gerne? Olivenöl, kalt gepresst? Sonnenblume? Mineralöl?"
„Oh ja, Sonnenblumenöl wäre lecker! Mit Strohhalm?", fragte Wheelie erwartungsvoll. „Kommt sofort – bitteschön, einmal Sonnenblumenöl mit Strohhalm." Steve und Peter lachten und Ping freute sich, dass er Wheelie eine Freude machen konnte. Sie aßen und tranken und hielten etwas Smalltalk hinsichtlich der Ereignisse der letzten vierundzwanzig Stunden. Dann wechselten sie vom Tisch zu den bequemeren Liegen. Steve hatte ein Glas mit frischem Quellwasser aus dem Berg mit Johannisbeersaft, Peter mit Blaubeersirup und Ping hatte eine Tasse mit kaltem Tee aus Kräutern, die er selbst gesammelt und getrocknet hatte.

Gefahr für die Welt

„Gut, also hier ist meine Geschichte. Wo fange ich am besten
an? Ich habe lange mit niemandem mehr gesprochen. Ich muss
vorsichtig sein. Ihr könnt gerne Zwischenfragen stellen,
wenn ihr möchtet", begann Ping seine Vorstellung. „Wie ihr
wohl schon vermutet, komme ich von einem anderen Ort. Von
einem anderen Planeten, um genau zu sein. Details darf ich
leider nicht nennen, das ist mir nicht erlaubt. Ihr könntet
aber zumindest das Sternbild erraten, wenn ihr ein wenig in
eurer Vergangenheit forscht. Dort findet ihr viele Hinweise
auf unsere Anwesenheit auf diesem Planeten. Mehr kann ich
nicht sagen. Eure Spezies ist inzwischen zu gefährlich
geworden und ihr steht am Beginn der interplanetarischen
Raumfahrt. Ihr habt euch in den letzten hundert Jahren
technisch rasch entwickelt und könntet vielleicht meinen
Heimatplaneten irgendwann erreichen. Wer weiß, unter
wessen Führung und mit welcher Absicht. Also nicht ihr
hier persönlich, sondern ihr als Menschheit. Oder bestimmte
Gruppen von euch. Ihr wisst schon, was ich meine. Ich selbst
bin als Mitglied einer Expedition hierher gekommen. Wir
erforschen den Planeten", erklärte Ping.

„Wir? Wo sind denn die anderen? Ich habe niemanden gesehen",
sagte Peter. „Sie sind abgestürzt. Wir sind abgestürzt",
antwortete Ping. „Ich bin der einzige Überlebende. Ich lebe
hier ganz alleine und mache meine Arbeit, so gut es eben

geht. Und eure Soldaten jagen mich." „Wurdet ihr von unseren Luftstreitkräften abgeschossen?", fragte Peter. „Nein. Es war ein Unfall. Vor zweihundertzweiundachtzig Jahren. Da gab es hier noch keine Flugzeuge und keine Waffen, die unseren Schiffen gefährlich werden konnten", entgegnete Ping. „So lange lebst du hier schon alleine?", rief Wheelie erstaunt. „Wie alt bist du denn?", fragte Steve verwundert. „Du siehst nicht älter aus als Peter!" „Durch die schnelle Anreise verschiebt sich das etwas", entgegnete Ping, „aber umgerechnet dreihundertachtundsechzig Erdenjahre." „Donnerwetter! Das ist alt", sagte Steve. „Also nach unseren Maßstäben", fügte er noch hinzu, um seine Aussage etwas zu relativieren, schließlich wollte er nicht unhöflich wirken. „Hast du versucht, jemanden um Hilfe zu bitten?" „Sieh mich an, Steve", sagte Ping. „Was glaubst du, würden eure Agenten, Politiker und Forscher mit mir machen, wenn sie mich in die Finger bekämen? Nichts Gutes, da bin ich mir ziemlich sicher." Steve musste ihm recht geben. „Das war einmal anders, ganz früher", fuhr Ping fort. „Wir erforschen Planeten, so wie ihr den Dschungel oder die Polkappen oder das Meer erforscht. Als die ersten Expeditionen meiner Vorfahren hierher kamen, lebten die Menschen noch als Jäger und Sammler. Die Natur zwang sie dazu. Sie waren wenige und noch nicht die dominante Spezies dieser Welt.

Aber die frühen Menschen waren wachsam und sie verfügten über scharfe Sinne. Unsere Aktivitäten sind ihnen nicht verborgen geblieben. Mangels Erfahrung haben sie uns jedoch für Götter gehalten und ihre Clan-Ältesten haben den Kontakt zu uns gesucht, um zu lernen. Zwar gibt es eine Vorschrift, sich nicht mehr als unvermeidbar in die

Entwicklung der Lebewesen einer Welt einzumischen, aber sie baten selbst darum. So ergab sich eine Beziehung des gegenseitigen Respekts. Wir haben ihnen geholfen und sie haben uns geholfen. Sie haben uns beigebracht, wie man hier ohne Technik überlebt und wir haben sie unterrichtet und ihnen Dinge gelehrt. Dinge über die Welt und das Universum.

Doch das hat sich geändert. Heute sind die Menschen hochzivilisiert, hochtechnisiert und hochgerüstet. Es gibt viel akademisches Wissen, aber wenig Weisheit. Ich sage nicht, dass alle schlecht sind, ganz und gar nicht. Jeder will überleben und nutzt dazu seine Vorteile, das ist ganz natürlich. Doch für mich ist es gefährlich. Sehr gefährlich. Viele Menschen sind anständig und gut, aber einige sind schlecht. Sehr schlecht und gewissenlos. Und sie wissen sich in der Öffentlichkeit zu verstellen. Ich weiß viel, was eure Anführer auch gerne wissen würden. Viel über Naturwissenschaft und viel über die Geschichte eurer Welt. Viel, das einigen wesentlich mehr Macht verleihen würde, als gut für uns alle wäre."

Ping nahm einen Schluck Kräutertee. Zwar redete er normalerweise oft mit sich selbst und nahm seine Berichte in einem elektronischen Logbuch auf, doch war er es nicht gewohnt, so viel auf einmal zu sprechen. Er räusperte sich und nahm noch einen Schluck Tee. „Je mehr sich eure Zivilisation entwickelte und technisierte, desto schwieriger wurde es für uns. Wir nutzten unsere technische Überlegenheit, um möglichst unerkannt zu bleiben und Angriffe zu unterbinden. Selbstverteidigung ist ein Naturrecht. Doch nur im äußersten Notfall ließen wir uns auf einen offenen

Kampf ein und benutzten dann die mildesten Mittel, um den Angriff abzuwehren. Die Basis hier stört die elektronische Kommunikation und die technischen Geräte der Menschen in diesem Gebiet, um sich zu schützen. Doch ihr seid weit gekommen. Auch euer Militär verwendet heute Störtaktiken. Ich kann keine Botschaften an meine Heimat richten und auch keine empfangen – falls sie es versuchen würden, mich zu kontaktieren. Aber wahrscheinlich weiß ohnehin niemand, dass ich überlebt habe."

„Das tut uns furchtbar leid für dich", sagte Wheelie mitfühlend. „Danke, dass du uns so ehrlich berichtet hast", sagte Peter. „Ich will ebenso ehrlich sein: auch wir haben einen Auftrag. Aber keine Sorge, wir stehen auf der selben Seite." Ping sah Peter erleichtert an. „Ich freue mich, dass du das sagst. Dass ihr keine normalen Wanderer seid, war mir gleich klar. Aber ich mochte euch von Anfang an. Ihr seid anständig." „Das bist du ebenfalls", erwiderte Peter, „du hast nichts falsches getan. Also, jedenfalls existieren gute Menschen, die wissen, dass es in diesen Bergen ein Geheimnis gibt. Und sie fürchten, dass es in falsche Hände geraten könnte. Das darf nicht geschehen. Mein Auftrag war, dieses Geheimnis zu lüften. Das habe ich mit Hilfe von Steve und Wheelie geschafft: Du bist das Geheimnis."

„Und was wirst du jetzt tun?", fragte Ping. „Wir können dich nicht schützen", sagte Peter. „Kein Militär der Welt könnte diese Anlage auf Dauer schützen. Nach allem, was ich gesehen und gehört habe, kannst du das selbst am besten. Obwohl es jetzt ziemlich knapp war. Da hatten wir wohl alle Glück. Ich muss einen Bericht abgeben. Warum ist ein wissenschaftliches Shuttle mit Angriffs- und Verteidigungssystemen bewaffnet? Und warum bist du trotz eurer offensichtlichen Überlegenheit getroffen worden und abgestürzt?" „Man muss sein Leben und seine Güter schützen können. Wir sind nicht die einzige intelligente Spezies im Universum. Es war das erste Mal, dass ich getroffen wurde.

Die gesamte Anlage wird mit Pudilium betrieben. Pudilium ist eine sehr seltene Metalllegierung, die sich nur unter ganz speziellen Bedingungen im Labor herstellen lässt. Genauer gesagt, nutzen wir das Pudilium zur Energiegewinnung. Nullpunktsenergie. Temperatur ist ein Maß für Bewegung. Je kälter es ist, desto weniger Bewegung gibt es. Doch auch am absoluten Nullpunkt gibt es noch Bewegung, quantenmechanisch, auf subatomarer Ebene. Und diese Energie kann man nutzen. Zwanzig Kilogramm Pudilium genügen, um diese Station hunderte von Jahren mit Energie zu versorgen. Doch es muss ab und zu gereinigt und aufbereitet werden. Das können wir hier nicht.

Deshalb hatte unsere Mission auch frisches Pudilium an Bord. Doch das liegt jetzt unerreichbar irgendwo in der Tiefsee auf dem Meeresgrund im Wrack unseres Raumschiffs. Das Pudilium, das ich in Betrieb habe, funktioniert kaum noch, deshalb ist es den Kampfjets auch gelungen, mich zu treffen. Zu allem Überfluss wurde dabei auch noch der Pudiliumvorrat meines Schiffes nahezu unbrauchbar. Ohne frisches Pudilium werden ich und diese ganze Technik hier in die Hände skrupelloser, machthungriger Leute fallen, die dann die ganze Welt beherrschen." „Das klingt überhaupt nicht gut", stellte Steve fest. Wheelie schüttelte betrübt den Lenker. „Wie lange haben wir noch?", fragte Peter. „Vielleicht zwei Wochen", antwortete Ping. „Wir müssen uns etwas ausdenken", sagte Steve.

Der Plan

„Ich fasse zusammen: wir brauchen frisches Pudilium. Das gibt es hier aber nicht. Außer, auf dem Meeresgrund in einem Raumschiff, das wir nicht erreichen können", begann Peter nach einer Weile. „Also muss das Pudilium hier irgendwie gereinigt werden. Das können wir aber nicht. Und doch ist es die einzige Möglichkeit. Und wir haben zwei Wochen Zeit. Das ist nicht viel. Die Lösung für dieses Problem lautet also: wir brauchen jemanden, der das kann. Und zwar schnell."
„Das ist soweit richtig", bestätigte Ping. Er schätzte logische und klar artikulierte Gedanken. „Der einzige, den ich kenne und dem ich das zutraue – und der voll und ganz vertrauenswürdig ist – ist Professor Murpelius, mein Auftraggeber. Der Professor ist ein wissenschaftliches und technisches Genie", fügte er erklärend hinzu. „Leider befindet er sich rund tausend Kilometer von hier entfernt, wir können ihn von hier aus nicht kontaktieren und Pings Schiff ist nicht manövrierfähig. Wie lösen wir diese Aufgabe?" Peter blickte in die Runde. „Hast du ein Ersatzfahrzeug?", fragte Steve.
„Bedauerlicherweise nicht", entgegnete Ping. „Jede Crew führt ihre eigenen Expeditionsschiffe mit sich. Meines ist das, mit dem ich mich retten konnte. Die anderen liegen ebenfalls auf dem Meeresgrund." „So wie ich das sehe, gibt es zwei Möglichkeiten – wir müssen mit dem Pudilium zu Professor Murpelius, oder der Professor muss zu uns und

dem Pudilium", stellte Peter fest. „Ohne den Pudiliumkern ist die Basis Angriffen schutzlos ausgeliefert", sagte Ping. „Das ist ein sehr hohes Risiko." „Könnte man mit dem Pudiliumvorrat deines Schiffes die Basis absichern?", fragte Steve. „Ja, das ginge, aber nur vorübergehend auf einer eingeschränkten Sicherheitsstufe", antwortete Ping.

„Gut", sagte Steve, „dann schlage ich folgendes vor: Wheelie und ich bringen das Pudilium aus dem Schiff zu Professor Murpelius. Er soll eine Methode zur Reinigung finden. Dann bringen wir das gereinigte Pudilium zurück und bauen es in die Station ein. Diese läuft dann auf einer niedrigeren Sicherheitsstufe, aber sie funktioniert. Wenigstens eine Zeitlang. In der Zeit wiederholen wir die ganze Aktion mit dem Pudilium der Station. Wenn beide Kerne gereinigt sind werden sie wieder dort eingebaut, wo sie hingehören und Basis und Shuttle sind wieder voll einsatzfähig." „Wie lange braucht ihr für die tausend Kilometer?", fragte Peter. „Wenn wir abwechselnd schlafen und durchfahren, fünf Tage", meinte Steve nach kurzem Abschätzen der Gegebenheiten. Wheelie nickte zustimmend. „Das macht zehn Tage reine Transportzeit. Dann bleiben dem Professor noch vier. Das ist wahrscheinlich zu wenig", rechnete Ping.
„Der Plan ist nicht schlecht", grübelte Peter, „aber wir müssen Zeit sparen. Passt auf: Steve und Wheelie fahren mit dem Pudilium der Fähre in fünf Tagen zum Professor. Ihr gebt ihm das Pudilium und den Bericht und kontaktiert sofort Onkel Erik. Er soll euch alle zusammen hierher ausfliegen, was ungefähr drei bis vier Stunden dauert. Wir haben also fast fünf Tage gespart. Der Professor hat dann neun Tage, um das Pudilium zu reinigen. Mehr geht nicht." „Ich kann

nichts versprechen, aber wir versuchen es in vier", sagte Wheelie. „Wenn wir die Strecke nur einfach fahren müssen, brauchen wir keine Kraft für den Rückweg zu sparen. Dann haben wir zehn Tage für das Pudilium." Steve legte seinem Bike stolz die Hand auf den Lenker. Er wusste, Wheelie würde alles geben, um die vier Tage einzuhalten. Peter nickte Wheelie zu. „Dann ist das unser Plan", sagte er. „Ist jeder einverstanden?" Alle nickten zustimmend. „Fangen wir am besten sofort an", sagte Ping. „Peter und ich bauen das Pudilium aus. Das dauert etwa zwei Stunden. Steve und Wheelie machen sich reisefertig und studieren die Landkarte. Auf geht's!"

Abbildung 6: Die Übergabe des Pudiliums

Zwei Stunden später verstaute Steve sorgfältig die wertvolle Kassette mit dem Pudilium in seinem Rucksack. Das Pudilium war schwer, doch zum Glück hatten sie ja Steves Zauberrucksack, und so merkten sie nicht so viel davon. Das machte vieles einfacher.

In einem normalen Rucksack wäre es niemals möglich gewesen, diese Last in nur wenigen Tagen so weit zu transportieren. Ping erklärte ihnen den Verlauf eines geheimen Gangs, durch den sie an die Oberfläche gelangen würden und später wieder zurück in die Basis kämen. Peter nannte Steve und Wheelie das Kennwort, das Professor Murpelius und er miteinander vereinbart hatten.

„Viel Glück, Freunde, und gute Fahrt!", riefen Peter und Ping Steve und Wheelie zum Abschied zu. Die Tür des geheimen Gangs schloss sich hinter ihnen. Sie fuhren durch den Tunnel nach oben und gelangten bald darauf wie geplant ins Freie. Es war kurz nach Sonnenuntergang und der Mond stand hell am Himmel. „Wir haben Glück", sagte Steve und freute sich über die gute Sicht. „Das können wir auch brauchen", lachte Wheelie und beschleunigte. Wie der Wind brausten sie den Trail entlang und brachten Kilometer um Kilometer des langen Weges, der vor ihnen lag, hinter sich.

Professor Murpelius

Am frühen Nachmittag des vierten Tages erreichten sie die Universität, an der Professor Murpelius lehrte und wo sie ihn antreffen sollten. Die Personaltafel am Eingang des Fachbereichs Chemie wies ihnen den Weg zu seinem Büro. Steve klopfte an die Tür. „Herein!", ertönte es von drinnen. Sie traten ein.

„Professor Murpelius?", fragte Steve. „Ganz recht, der bin ich", sagte der Professor. „Was kann ich für Sie tun?" „Kommen Sie zum Bergfest?", nannte Steve das Kennwort. „Im Frühling gefallen mir die Berge am besten", antwortete der Professor korrekt. Steve nickte. Professor Murpelius stand auf und schloss die Tür. „Folgt mir bitte", sagte er und ging in einen Nebenraum. „Dieser Raum ist abhörsicher. Hier können wir offen reden."

„Ich bin Steve und das hier ist mein Bike Wheelie. Wir sind Freunde von Peter und Erik." Der Professor schüttelte Steve die Hand und Wheelies Lenkergriff und begrüßte beide freundlich. Natürlich bemerkte er sofort, dass Wheelie ein außergewöhnliches Bike war. Doch der Professor war nicht nur klug, er hatte auch Taktgefühl und war im rechten Moment zurückhaltend - eine Kombination, die nicht immer selbstverständlich ist. So ließ er sich seine Verwunderung, einem lebendigen Mountainbike zu begegnen, nicht anmerken.

Außerdem ging es hier ganz offensichtlich um etwas sehr Wichtiges. Steve erstattete seinen Bericht. Der Professor hörte aufmerksam zu.

Professor Viltwalt Murpelius war ein Gelehrter wie aus dem Bilderbuch und einer der besten Sorte. Er war Ende Sechzig und hatte eine wilde Frisur aus schneeweißem, wuscheligem Haar. Er trug eine graue Hose, ein hellblaues Hemd und einen weißen Laborkittel darüber. Er hatte drei Doktortitel, hielt mehrere Patente und war ein angenehmer Zeitgenosse, der die meiste Zeit mit seinen Forschungen verbrachte. Er fuhr immer mit seinem Fahrrad in die Universität – eine halbe Stunde einfache Fahrt täglich - und war bei seinen Studenten wegen seiner unterhaltsamen lehrreichen Vorlesungen beliebt. Seine Prüfungen waren anspruchsvoll, aber fair.

„Ich muss das Metall analysieren", sagte er. „Gehen wir hinüber in mein Labor." Dort angekommen reichte Steve Professor Murpelius die Kassette. Der Professor führte eine Reihe von Tests durch. „Das wird eine Weile dauern", sagte er. „Dahinten ist ein Funkgerät. Ruft bitte Erik und fragt ihn, ob er mit zum Bergfest kommt. Dann könnt ihr euch ausruhen. Das habt ihr euch redlich verdient. Ich muss jetzt arbeiten." Steve kontaktierte Erik und nannte das Kennwort, ohne sich besonders zu Erkennen zu geben. Erik verstand und machte sich sofort reisefertig. Er gehörte zum vertrauten Kreis des Professors und unterstützte ihn mit Lufttransporten, wenn dies nötig war.

Steve und Wheelie gingen in einen Raum mit einer Liege, der normalerweise als Sanitätszimmer des Labors diente. Sie machten sich etwas frisch und begaben sich zur Ruhe. Sie hatten sich stark verausgabt auf ihrer Fahrt und mussten dringend Schlaf nachholen.

Als sie wieder aufwachten, waren fast zwölf Stunden vergangen. Sie gingen ins Labor um zu sehen, wie weit der Professor mit seiner Arbeit war. Die Analysedaten waren vielversprechend. Professor Murpelius war mit den Ergebnissen sehr zufrieden. Er konnte sich ein erstes Bild von der Zusammensetzung der Metalllegierung machen. Jetzt ging es darum, die Struktur aufzuklären und dann ein Verfahren zur Reinigung zu bestimmen.

Steve und Wheelie halfen, wo sie konnten. Zwar waren die Tage für sie nicht gerade super spannend, doch es gab immer irgend etwas zu tun. Wenn sie nicht im Labor halfen, machten sie für den Professor Besorgungen. Unter anderem holten sie auch etwas Alltagskleidung und einen Laborkittel für Steve, damit dieser aussah wie ein normaler Student. Der Professor nahm vorsichtshalber sein Fahrrad immer mit ins Büro, damit es nicht gestohlen wurde. Es fiel von daher nicht besonders auf, wenn mit Wheelie ein zweites Rad vorhanden war, sollte jemand unerwartet den Raum betreten.

„Ich weiß jetzt, woraus das Pudilium besteht und kenne seine Eigenschaften. Und ich weiß, wie man es reinigen kann", sagte der Professor. „Man zerlegt es in seine chemischen Elemente und setzt es dann neu zusammen. Da gibt es allerdings ein Problem. Ich weiß nicht genau, wie die fertige, gereinigte Legierung strukturell aufgebaut sein muss. Wir haben es hier mit einer intermediären Kristallbildung zu tun, das ist kompliziert. Ich bräuchte etwas unverbrauchtes Pudilium, um dies herauszufinden. Das haben wir jedoch nicht. Aber ich habe eine Idee. Ich weiß allerdings nicht, ob euch die

Abbildung 7: Im Labor

gefällt. Und ob das überhaupt geht." Er machte eine Pause.
Steve und Wheelie warteten gespannt. „Wheelie", fuhr der
Professor fort, „du hattest berichtet, dass du mit dem
Objekt, also mit Pings Schiff, interagiert hast. Du hast
seine Anwesenheit gespürt." „Ja, das stimmt", sagte Wheelie,
„es war so eine Art elektromagnetisches Kribbeln im Rahmen."
„Das war ein Resonanzeffekt", erklärte der Professor, „wie
bei einem Radio oder Funkgerät. Du und irgend etwas im
Schiff habt die gleiche, seltene Schwingungsfrequenz. Und
ich glaube, das ist die des Pudiliums. Die Legierung deines
Rahmens hat wahrscheinlich ähnliche Eigenschaften wie das
Pudilium. Kannst du irgendwo ein wenig Metall entbehren?
Wenn ich etwas davon hätte, könnte ich das Pudilium nach
diesem Muster vielleicht neu aufbauen."
„Also Rahmen geht auf gar keinen Fall!", protestierte

Wheelie. Er war immer zu Opfern bereit, wenn es notwendig war, aber das ging deutlich zu weit. „Ich habe exakt genau so viel Metall am Rahmen, wie ich brauche. Kein Gramm mehr." "Ginge es eventuell irgendwo anders?", fragte der Professor. „Hm, na ja ...", überlegte Wheelie, „meine Sattelstütze vielleicht."

„Das stimmt, die ist etwas länger, als wir sie brauchen. Und meine Beine wachsen ja nicht mehr. Das ginge", sagte Steve, „aber das ist deine Entscheidung, Wheelie. Niemand ist dir böse, wenn du Nein sagst. Es ist ein Opfer, das keiner von dir verlangen kann." „Nun, es steht viel auf dem Spiel", sagte Wheelie nachdenklich. „Ein Zentimeter von der Sattelstütze. Zehn Millimeter. Nicht mehr! Würde das reichen?" Er schaute den Professor an. „Das würde reichen", sagte Professor Murpelius. „Wir kürzen sie präzise mit dem Laser. Um genau zehn Millimeter. Ganz exakt. Das merkst du gar nicht."

Wheelie gab dem Professor seine Sattelstütze. Der ging zur Schneidevorrichtung. „Ich kann gar nicht hinsehen!", sagte Wheelie. „Du bist sehr tapfer!", lobte Steve sein Bike. „Hier bitte, mit Dank zurück. Du bist ein echter Held, Wheelie! Dank dir haben wir eine Chance." Der Professor reichte Wheelie seine gekürzte Stütze. Blitzsauber sah sie aus. Wheelie steckte sie zurück ins Sitzrohr. Er merkte tatsächlich keinen Unterschied. Na ja, vielleicht doch, ein ganz klein wenig. Aber nach ein paar Minuten hatte er sich schon daran gewöhnt.

Professor Murpelius arbeitete unermüdlich. Natürlich lief nicht alles immer gleich glatt, aber das war er von seiner Forschungstätigkeit gewohnt. Unter Zeitdruck zu stehen war für ihn nichts Neues. Konzentriert löste er systematisch ein Problem nach dem anderen. Die Tage vergingen. Steve sah auf den Wandkalender. „Morgen sind die vierzehn Tage um", sagte er zu Wheelie. „Das wird knapp!"

Wettlauf gegen die Zeit

Die Tür zum Notausgang hatte sich geschlossen. Peter senkte den Arm, mit dem er gerade noch zum Abschied gewunken hatte. „Sie werden es schaffen", sagte Peter. „Wenn es jemand schaffen kann, dann die beiden. Was können wir inzwischen tun?", wandte er sich an Ping.

„Wir haben zwei Aufgaben", sagte Ping. „Mein Schiff Instandsetzen und das Sicherheitssystem der Basis Überwachen und wenn nötig, manuell Unterstützen. Sie werden merken, dass wir verwundbarer werden. Ich erwarte heftige Hackerangriffe auf das System. Kannst du Dinge reparieren? Kennst du dich mit Computern aus?" „Tatsächlich bin ich gelernter Flugzeugmechaniker und habe mit meinem Onkel an seinen Maschinen gearbeitet, darin bin ich ziemlich gut. Bei Computern habe ich solide Kenntnisse als Anwender. Viel mehr aber nicht", antwortete Peter.

„Das ist keine schlechte Ausgangsposition", erwiderte Ping. „Wir kümmern uns erst um das Schiff, solange die Energieversorgung noch stabil ist. Wir stellen zunächst den genauen Umfang des Schadens fest. Dann schlafen wir ein paar Stunden, und morgen früh fangen wir mit der Reparatur an." „Das klingt gut", antwortete Peter. Wenigstens konnte er helfen und hatte etwas zu tun. Einfach nur herumzusitzen würde ihn verrückt machen.

Peter kam unter der Anleitung Pings schnell mit den fremden Werkzeugen und der Technik des Schiffes zurecht. Sie arbeiteten durchgehend, nur wenn sie die größte Müdigkeit übermannte, legten sie sich ein paar Stunden schlafen. Die Reparatur des Schiffes machte gute Fortschritte. Wenn zwischendurch etwas Zeit war, erklärte Ping Peter das Computersystem und die Basis. Am neunten Tag häuften sich die Hackerangriffe und Ping war etliche Stunden damit beschäftigt, das System bei der Abwehr der Eindringlinge aus den Reihen des geheimen abtrünnigen Militärs zu stabilisieren. Peter war inzwischen so weit mit der Bauweise des Schiffs vertraut, dass er alleine weiterarbeiten konnte.

„Sicher hat die Reise von deinem Planeten hierher lange gedauert? Wie überwindet ihr eigentlich diese riesigen Entfernungen?", fragte Peter in einer Essenspause. „Gar nicht mal so lange", antwortete Ping. „Wir kreieren eine Art Energietopf um das Raumschiff. Unter Ausnutzung des Tunneleffekts befinden wir uns dann plötzlich außerhalb des Topfes, obwohl wir ihn eigentlich gar nicht verlassen können. Wir fliegen also in Wahrheit gar nicht durch den Weltraum, wir hüpfen mehr darüber hinweg. Und das geht ziemlich schnell."

„Das klingt spannend", Peter war fasziniert und fragte sich, welche Tricks Pings Zivilisation wohl noch so auf Lager hatte. „Die Sache hat nur einen Haken", sagte Ping. „Wir nutzen einen Zusammenhang, den ihr hier als die Heisenbergsche Unschärferelation kennt. Vereinfacht gesagt sind wir deshalb so schnell, weil wir nicht genau wissen, wo wir ankommen werden. Deshalb definieren wir unsere Zielkoordinatenfenster mit großer Toleranz im Weltall - weil da viel Platz ist - stellen dort nach unserer Ankunft unser Mutterschiff auf Autopilot und fliegen mit den Shuttles zu unserer jeweiligen Bodenstation. Leider ist meine Mission mit einem Asteroiden zusammengekracht. Das führte zum Absturz, und den Rest der Geschichte kennst du ja." „Ja. Das tut mir leid. Ein tragischer Unfall", sagte Peter. „Das ist das Risiko", antwortete Ping. „Jeder Missionsteilnehmer kennt es." Sie räumten ihr Geschirr weg und machten sich wieder an die Arbeit.

Am elften Tag war das Shuttle fertig. „Wir können keinen Test durchführen, weil die Pudiliumkerne ausgebaut sind. Aber wir haben gut gearbeitet. Ich bin sicher, es funktioniert", stellte Ping zufrieden fest. Jedoch machte ihm die immer sprunghafter werdende Energieversorgung der Basis Sorgen. Mal war die Leistung in Ordnung, um dann plötzlich abzusinken. Dann stieg sie wieder an, um gleich darauf wieder abzufallen. „Noch halten die Systeme, doch wir bewegen und langsam auf sehr dünnem Eis", sagte Ping. „Ich hoffe sehr, deine Freunde kommen rechtzeitig." „Das werden sie", entgegnete Peter. „Ganz bestimmt!"

Die List

„Fertig!" rief Professor Murpelius am Morgen des vierzehnten Tages und strahlte. Er packte das frisch aufbereitete Pudilium in den Transportbehälter. „Erik wartet schon mit seinem Buschflugzeug auf uns. Auf einer alten Schotterstraße außerhalb der Stadt. Die wird öfter mal für Angeltrips oder Jagdausflüge oder so etwas benutzt. Da fallen wir nicht auf und niemand stellt irgendwelche Fragen. Ein Freund bringt uns mit dem Pick-up hin, da könnt ihr auf der Ladefläche mitfahren."

„Perfekt!", sagten Steve und Wheelie gleichzeitig. Eineinhalb Stunden später kamen sie an der verabredeten Stelle an. Die Begrüßung zwischen Steve, Wheelie und Erik war herzlich, fiel aber kurz aus. Zu sehr drängte die Zeit.

Sie hatten nur noch zwölf Stunden, um ihren Zeitplan einzuhalten, und der Flug würde ungefähr dreieinhalb bis vier davon auffressen - wenn alles optimal verlief. Steve saß neben Erik im Flugzeug, um ihm den Weg zu weisen. Der Professor und Wheelie saßen, beziehungsweise standen, dahinter. Erik startete den Motor. Der Propeller drehte sich schneller und schneller und nach wenigen Metern Startbahn zog Erik auch schon die Nase seines Flugzeugs hoch. Er war eben Buschpilot durch und durch.

Abbildung 8: Startklar

„Wir haben nicht mehr genug Energie, um die Basis und das Umland zu schützen", stellte Ping nüchtern fest. „Wir brauchen eine List." „Onkel Erik, der Professor und Steve und Wheelie müssten jetzt entweder bereits auf dem Weg hierher sein oder bald aufbrechen. Ich schlage vor, wir stellen den Geheimsoldaten eine Falle. Wir fahren unser Abwehrsystem weitgehend herunter und tun so, als ob es jetzt zusammenbrechen würde. Sie werden daraufhin alles daran setzen, sich Zugang zur Basis zu verschaffen. Wir geben ihnen aber falsche Koordinaten und falsche Zugangscodes. Das wird sie eine Weile beschäftigen. Mit der eingesparten Energie sichern wir den Luftkorridor ab, auf dem Onkel Erik voraussichtlich einfliegen wird, so dass sie unentdeckt bleiben. Bekommst du das hin, Ping?" „Das bekomme ich hin.

Ein guter Plan", lobte Ping. Wie alle krisenerprobten Leute waren beide in der Lage, auch in schwierigen Situationen schnell und klug zu handeln. Ping tat alles Notwendige. Kurz darauf meldete der Computer einen Angriff auf die innere Firewall, ihre letzte Verteidigungslinie. „Sie haben den Köder geschluckt!", rief Ping.

„Die Instrumente fangen an, verrückt zu spielen", sagte Erik. „Sehr gut!", entgegnete Professor Murpelius. „Das bedeutet, Ping und Peter sind noch in der Lage, die Basis irgendwie zu halten und den Luftraum abzusichern. Aber wahrscheinlich nicht mehr sehr lange." Am Horizont waren die ersten weißen Gipfel des Höhlengebirges zu sehen. Erik ging mit seiner Maschine tiefer und flog nun nur noch auf Sicht. „In einer halben Stunde sind wir da", sagte er. „Haltet durch, Ping und Peter!", murmelte Wheelie.

Es war für Erik natürlich völlig unmöglich, in die enge Doline zu fliegen. Und selbst wenn das möglich gewesen wäre, so hätte die Energie der Basis ohnehin nicht mehr gereicht, um die schweren Tore zu bewegen. Erik landete nach Buschpilotenart auf einer kleinen, freien Fläche in der Nähe des Notfalltunnels. Sie stiegen aus und versteckten das Flugzeug unter militärischen Tarnnetzen, die Erik mitführte. So war es zumindest nicht so leicht zu entdecken. Ohne Zeit zu verlieren gingen sie zum Eingang. Steve gab den Zugangscode ein, so wie Ping es ihm erklärt hatte. Die Tür öffnete sich und sie traten ein. Steve schloss die Tür und sie liefen nach unten zur Station.
„Es kommt jemand durch den Tunnel!" Ping sah auf den Bildschirm des Computers. „Das sind entweder unsere Freunde

oder unsere Feinde", sagte Peter. Ping griff nach der Energiestrahlenpistole, die zu seiner Ausrüstung gehörte und Peter nahm seinen Karabiner zur Hand. Im schlimmsten Fall würden sie ihr Leben und ihre Freiheit so teuer verkaufen, wie es ging. Die Eingangstür glitt zur Seite. Ihre Nerven waren zum Zerreißen gespannt.

„Wir kommen zum Bergfest!" rief Steve die Parole. „Nicht schießen, wir sind's!" fügte er hinzu. Ping und Peter ließen die Waffen sinken. „Ich wusste, ihr werdet kommen!", rief Peter. „Habt ihr das Pudilium?", fragte Ping. „Haben wir!", sagte der Professor und übergab ihm den Transportbehälter. „Wir bauen es sofort ein!", rief Ping an Peter gewandt und lief zur Hauptenergieversorgungseinheit der Station.
Der Tausch der Pudiliumkerne nahm etwa eine gute Stunde in Anspruch. „Geschafft!", riefen Ping und Peter schließlich. „Ich muss noch die Anlage auf die Kerne des Shuttles neu ausrichten", sagte Ping. „Das dauert voraussichtlich zirka dreißig Minuten. Während dieser Zeit sind wir leider völlig schutzlos. Das geht nicht anders. Ich beginne jetzt mit der Neukalibrierung." Die Displays flackerten und zeigten einen Totalzusammenbruch der Abwehrsysteme. „Sieht erwartungsgemäß aus", sagte Ping. „Das wird ein Rennen um Sekunden."

Im Militärstützpunkt bemerkte man den Zusammenbruch der Störsignale sofort. „Das ist die Chance, auf die wir gewartet haben", sagte der Kommandant. „Die Station ausfindig machen, einnehmen und alle anwesenden Personen in Gewahrsam nehmen! Das Gelände sichern!", befahl er. Die Piloten kletterten in ihre Maschinen. „Endlich funktionieren unsere elektronischen Geräte!", riefen sie. Die Triebwerke der Jagdflieger heulten auf und die Motoren der Hubschrauber hämmerten laut beim Start. Der Großangriff auf Pings Station hatte begonnen.

Die angreifenden Truppen waren nur noch wenige Minuten von Pings Basis entfernt und nahmen ihre Gefechtsformation ein. In der Station war die Neukalibrierung beendet und die Anlage fuhr wieder hoch. Ping hatte Recht, es war ein Wettlauf um Sekunden. „Macht euch bereit für den Rückflug. Die Verteidigung steht wieder in exakt vier Minuten ab ... jetzt!", rief er den anderen zu.

Erik, Steve, Wheelie und Professor Murpelius liefen den Gang hoch, um den zweiten Teil des Plans zu erfüllen - die Reinigung des Pudiliums der Basis. Draußen angekommen hörten sie das dumpfe Röhren von sich nähernden Düsentriebwerken und konnten die Flugzeuge in der Ferne sogar schon sehen. Sie kamen genau auf sie zu. Doch plötzlich geschah etwas. Die Formation der angreifenden Jäger löste sich, anscheinend ungeplant, auf. „Das bedeutet wohl, dass die Anlage wieder läuft. Los, wir müssen es riskieren. Wir starten jetzt!", rief Erik. Sie rannten zum Flieger, entfernten die Tarnnetze und sprangen in die Maschine. Erik brauste unerkannt im Tiefflug in Bodennähe davon, wie es nur ein erfahrener Buschpilot wie er konnte, während die Piloten der Jagdflugzeuge damit beschäftigt waren, die Kontrolle über ihre Jets wiederzuerlangen. Die Verteidigungsanlage von Pings Station tat ihren Dienst. Das gereinigte Pudilium funktionierte.

Peter und Ping saßen erschöpft in ihren Kommandosesseln. Auch Steve, Wheelie und Professor Murpelius ruhten sich nun aus. Alles hatten sie gegeben und sich in diesem Nervenkrimi verausgabt. Sie mussten jedoch fit sein, wenn sie in wenigen Stunden wieder im Labor des Professors sein würden. Bald waren sie eingenickt. Erik kannte jetzt den Weg und flog mit sicherer Hand und sicherem Auge zurück.

Nach der erfolgten Reinigung der Pudiliumkerne der Basis brachte sie Erik wieder zu Pings Station. Sie bauten die Stationskerne in die Station ein und die Shuttlekerne ins Shuttle. Alles war wieder in Ordnung und lief, wie es sein sollte. Eine riesige Last fiel von ihnen ab. Sie hatten es tatsächlich geschafft. Die Basis war wieder sicher.

Jetzt endlich konnte sich Ping mit Professor Murpelius und Erik richtig bekannt machen. Er lud alle in den Speiseraum ein und bewirtete seine Gäste mit allem, was er hatte. Peter, Steve, Erik und der Professor steuerten bei, was sie an Vorräten in ihren Rucksäcken, Taschen und im Flugzeug mit sich führten. Sie aßen und tranken, lachten und unterhielten sich und erzählten die Teile der Geschichte, die die anderen jeweils noch nicht kannten.
Ping erhob sich und klopfte mit seinem Löffel an sein Glas mit Johannisbeersaft, das leise klirrte. „Ich möchte euch danken. Ihr habt mich gerettet und mir ein schreckliches Schicksal erspart. Und ihr habt diese Welt vor sehr dunklen Zeiten bewahrt. Ich hätte es alleine nicht geschafft. Diesmal nicht. Ich trinke auf euch – auf uns! Prost!" Alle nahmen einen Schluck aus ihren Gläsern.
„Das größte Opfer hat jedoch Wheelie gebracht, wie mir der Professor berichtet hat. Er hat ein Stück von sich selbst gegeben, damit wir alle in Sicherheit weiterleben können.

Auf dein Wohl, Wheelie!" „Auf dein Wohl, Wheelie!", riefen alle im Chor und erhoben ihre Gläser. „Ach, kein Ding. Das hätte doch jeder gemacht", stammelte Wheelie etwas verlegen und nahm einen Schluck Sonnenblumenöl. „Du bist das coolste Bike, das es gibt!", rief Erik. „Absolut!", rief Peter. Steve nickte Wheelie zu, er war sehr stolz auf sein Bike. „Ich habe mir gedacht," sagte Ping, „Peter und ich probieren jetzt das Shuttle aus, und wenn alles funktioniert, lade ich euch auf einen Rundflug ein. Habt ihr Lust dazu?" „Aber hundertprozentig!", rief Professor Murpelius begeistert. „Wozu noch warten?", fragte Erik. „Wenn mein Neffe und Ping das Shuttle repariert haben, dann fliegt es auch. Da bin ich mir ganz sicher!" „Gut", lachte Ping fröhlich, „in dreißig Minuten starten wir!" „Hurra!", riefen alle ausgelassen.

Ein gemeinsamer Ausflug

Eine halbe Stunde später nahmen alle im Shuttle Platz. Ping legte seine Hand auf die Steuerkugel an seiner Sessellehne. Die Kabinenwände wurden glasklar und boten einen dreihundertsechzig Grad Rundumblick. Erik und der Professor bewunderten die Technologie. Die großen Schleusentore zur Doline fuhren hoch. Das Shuttle erhob sich etwas vom Boden und glitt nach draußen. Die Tore schlossen sich. „Sind alle bereit?", fragte Ping. „Ja!", riefen sie erwartungsvoll, obwohl die Wände der Doline wieder beängstigend nahe waren. „Dann kann es losgehen", sagte Ping.

Einen Wimpernschlag später waren sie an der Erdoberfläche. Sie staunten. Sie hatten nichts von der gewaltigen Beschleunigung gespürt. „Es gibt keine feindlichen Aktivitäten zu verzeichnen", sagte Ping, „wir können unseren Ausflug genießen." „Woher weißt du das?", fragte Erik. „Mein Schiff würde es mich wissen lassen. Es erweitert in gewisser Weise meine Sinne. Ich kann es fühlen, wenn das System Alarm auslöst. Eine Art neuronale Resonanz. So wie Wheelie durch die Ähnlichkeit seines Kristallgitters das Schiff durch das Pudilium auch in bestimmten Situationen fühlen kann."
Ping flog eine langsame Kurve, so wie sie es von Eriks Flugzeug gewohnt waren. Dann gab er behutsam Schub und in drei oder vier Sekunden stiegen sie bis auf die Höhe des höchsten Gipfels des Höhlengebirges. Mächtig ragte er in den

blauen Himmel und weiß glitzerten seine verschneiten Hänge in der Sonne. Ping flog langsam ganz nahe an die Felswände heran, damit seine Passagiere den Ausblick genießen konnten. Alpendohlen spielten in der Thermik der steilen Hänge gleich neben ihnen und stürzten sich in halsbrecherischen Flugfiguren mit bis zu zweihundert Stundenkilometern in die Tiefe, um plötzlich erneut steil empor zu schießen. „Unglaublich!", rief Wheelie. Die anderen stimmten zu. Ping beschleunigte. In nullkommadrei Sekunden waren sie auf der maximalen Flughöhe, die ein normales Düsenflugzeug erreichen konnte.

Abbildung 9: Ein unglaubliches Erlebnis

Das Shuttle schoss hinaus übers Meer und änderte seine Flugrichtung ohne zu bremsen um neunzig Grad. Ping demonstrierte nicht ohne Stolz die Flugeigenschaften seines Schiffes. „Man merkt gar nichts von diesen wilden Flugmanövern!", staunte Professor Murpelius. Er hatte recht.

Im Inneren des Shuttles waren die äußeren Impulsänderungen nicht wirksam. Das ganze Schiff befand sich stets in seinem eigenen Schwerefeld. Sie hätten bei dem Flug Kaffee trinken können, und es wäre auch bei den extremsten Manövern nicht ein Tropfen aus den Tassen geschwappt. Ping stieg ein wenig höher. Unter ihnen sahen sie zwei Passagiermaschinen, deren Flugrouten sich mit entsprechendem Sicherheitsabstand kreuzten. Die Aussicht war einfach nur fantastisch!

Obwohl sie in einem relativ kleinen Flugobjekt saßen, fühlten sie sich gut. Ping verstand sein Handwerk als Pilot, das war sicher. „Wollt ihr höher? Möchtet ihr Satelliten aus der Nähe sehen?", fragte er. „Auf jeden Fall!", antwortete Professor Murpelius begeistert. Ping beschleunigte. Das Schiff schnellte hoch und erreichte nach ungefähr zehn Sekunden die Höhe von zweitausend Kilometern. Ein glänzender Kommunikationssatellit zog an ihnen vorbei. Ihre Heimat lag weit unter ihnen. Sie waren sprachlos.

„Wollt ihr den Mond sehen?", fragte Ping. Steve, Wheelie, Peter, Erik und der Professor sahen ihn mit offenem Mund an. Sie nickten. Sprechen konnte keiner mehr von ihnen, so überwältigt waren sie von dem bisherigen Erlebnis. Da schoss das Shuttle auch schon empor und verließ den Bereich der Atmosphäre.
Ein junges Paar, das am späten Abend noch einen Spaziergang machte, sah am Sternenhimmel einen hellen Punkt senkrecht nach oben schießen und fragte sich, was es da eben wohl beobachtet hatte. Der Flug zum Mond dauerte etwa fünf Minuten. Still und ehrfürchtig saßen sie da, wie in einem Kinosessel inmitten eines gewaltigen Sternenpanoramas.

Sie erreichten den Mond und Ping schwenkte in eine Umlaufbahn. Hell und gleißend auf der Tagseite und schwarz wie die Nacht auf der sonnenabgewandten Seite lag er unter ihnen, während sie darüber hinweg flogen. „Sehr viel weiter geht es nicht mehr, dafür ist das Shuttle nicht gebaut", sagte Ping. „Aber das hier ist alles überhaupt kein Problem für das Schiff." Er verließ die Bahn nach einem Umlauf und nahm Kurs zurück.

Ein paar Minuten später schwebten sie sanft über dem Grund der Doline und glitten langsam in den Hangar der Basis. Die Tore schlossen sich. „Wie soll ich dir jemals für dieses Erlebnis danken, mein lieber Ping?", sagte der Professor. Er hatte Tränen in den Augen, so überwältigt war er. Ein Kindheitstraum war für ihn heute in Erfüllung gegangen. „Ich habe dir zu danken, Professor", entgegnete Ping. „Ja, vielen Dank, Ping! Das war einfach großartig!", riefen auch Erik, Steve, Wheelie und Peter. Bald darauf legten sie sich zur Ruhe und verarbeiteten das Erlebte, ein jeder auf seine eigene Weise, ganz still mit offenen Augen, oder schlafend im Traum.

Retter in der Not

Am nächsten Morgen trafen sich alle ausgeschlafen und gut gelaunt zum gemeinsamen Frühstück. Der Professor stellte Ping noch einige Fragen zur Station. Es war ihm nicht entgangen, dass die Haupttunnel anders gebaut waren als die Nebentunnel und die Mannschaftsräume. Als ob Murmeltiere und Mäuse abwechselnd einen gemeinsamen Bau gegraben hatten.

„Gut beobachtet", sagte Ping. „Die Mannschaftsräume und die kleinen Tunnel haben wir gebaut. Also ich nicht, aber meine Vorgänger, die hier die Studienprojekte begonnen haben. Die großen Tunnel sind sehr viel älter. Sie durchziehen die Länder und Kontinente in der Tiefe. Ich benutze sie manchmal, wenn draußen zu viel los ist. Dann fliege ich einfach durch den Berg hindurch. Die Tunnel sehen aus wie neu. Extrem präzise und widerstandsfähig. Wir waren nicht die ersten Besucher hier. Wir wissen nicht viel über die Erbauer, nur, dass sie bis zu drei mal so groß waren wie wir, also ungefähr bis zweieinhalb mal so groß wie ihr. Sie waren technologisch sehr weit entwickelt, aber sie haben die Menschen nicht gut behandelt. Doch das ist sehr lange her, sie sind längst nicht mehr da. Ihr könnt mehr über sie herausfinden, wenn ihr in eurer Vergangenheit sucht. Alle alten Kulturen berichten über sie in irgendeiner Art und Weise, auch wenn sich im Laufe der Zeit Legende und Wahrheit vermischt haben. Aber sie haben überall ihre Spuren hinterlassen." Steve und Wheelie lauschten interessiert der Unterhaltung. Erik und Peter sahen sich an. Sie hatten beide noch Blut ihrer eingeborenen Vorfahren in sich und kannten einige der alten überlieferten Erzählungen und Lieder.

Der Morgen verging und langsam wurde es Mittag. Es war an der Zeit, in ihr altes Leben zurückzukehren. Peter und Erik boten Steve und Wheelie an, sie zu ihrer Hütte am Eriksee zu bringen, was die beiden gerne annahmen. Der Professor wollte noch ein wenig in der Station bleiben und sich einige wissenschaftlich interessante Dinge näher ansehen. Natürlich hatte Ping nichts dagegen und sie beschlossen, die anderen am Nachmittag an der Hütte zu treffen. Eriks Flugzeit betrug ungefähr zweieinhalb Stunden und die von Ping ungefähr zwölf Minuten - weil er sehr langsam flog, damit der Professor etwas sehen konnte. So trafen sie nahezu gemeinsam an der Hütte ein. „Ein sehr schöner Platz!", rief Professor Murpelius. „Fühl dich ganz wie Zuhause, Professor", sagte Steve. „Hübsch habt ihr es hier", sagte Ping, „Die Blockhütte habt ihr selbst gebaut? Donnerwetter! Die ist aber schön geworden!"
„Ja, wir hatten aber Hilfe", gab Steve zu. Er wollte sich nicht mit fremden Federn schmücken. „Maxl der Grizzlybär hat uns geholfen. Wir sind Freunde", sagte Wheelie. „Und ihr alle habt mir geholfen. Wir sind jetzt auch Freunde", sagte Ping. „Ich gehe nun wieder zurück an meine Arbeit. Ich brauche meine Aufgabe. Ohne sie hätte ich nicht die Kraft gefunden, hier alleine zu überleben." „Wir sehen uns!", rief Peter Ping zu, der zu seinem Shuttle ging. „Du kannst uns immer besuchen, jederzeit!" „Und ihr mich!", antwortete Ping. Er stieg in sein Schiff. Es hob sich mit einem leisen

Zischen und sie sahen, wie er ihnen von der Kommandobrücke aus zuwinkte. Mit einem *ZWWUIIISCH* schoss es davon und war auch gleich nur noch ein heller Punkt am Horizont. „Für uns wird es auch Zeit, fürchte ich", sagte Erik zu Peter und Professor Murpelius. Alle verabschiedeten sich voneinander. „Auf Wiedersehen, ihr beiden. Bis zum nächsten Mal!", riefen sie Steve und Wheelie auf dem Weg zu Eriks Maschine noch einmal zu. „Kommt gut heim!", riefen diese zurück.

In dem Moment gab es einen lauten Donnerknall. Eriks Flugzeug explodierte und ging in Flammen auf. Schockiert blickten sie zu dem lodernden Feuerball. Ein Kampfhubschrauber der Geheimarmee war über einigen Büschen aus seiner Deckung aufgestiegen und hatte Eriks Maschine in Brand geschossen. „Das habt ihr euch so gedacht!", brüllte eine scharfe, befehlsgewohnte Stimme. „Euch aus dem Staub zu machen. Ich habe viele Fragen an euch, und die werdet ihr mir beantworten, das verspreche ich euch!" „Abführen!", rief der Kommandant der Geheimoperation den Soldaten zu, die sie inzwischen mit ihren Schnellfeuergewehren umstellt hatten. „Was ...", flüsterte Steve in Richtung Peter. „Mund halten!", schrie ihn der Offizier an. „Wer redet wird standrechtlich erschossen! Auf der Stelle!" „Bringt sie in die Chopper. Und dann jagt die Hütte in die Luft. Abmarsch!", befahl er seinen Leuten. Steve, Erik, Peter und Professor Murpelius hatten keine Chance, sie waren überrumpelt. Das waren harte, kampferprobte Profis, und sie waren auch noch in der Überzahl.
Was diese jedoch nicht erkannten war, dass Wheelie lebendig war. Sobald er die Soldaten bemerkte, verhielt er sich wie ein normales, lebloses Bike. „Was mache ich nur, was mache

ich nur? Was kann ich tun, um die anderen zu retten?", dachte Wheelie. Seine Gedanken rasten. Da bemerkte er ein leichtes Kribbeln. Jetzt hatte er eine Idee. Er stellte sich Pings Schiff vor wie ein Telefon, das er anrief. Er unterdrückte die in ihm aufsteigende Angst um Steve und die anderen und konzentrierte sich nur auf diesen einen Gedanken: „Wheelie ruft Ping. Wheelie ruft Ping. Das ist ein Notruf. SOS! SOS! SOS! Wir brauchen deine Hilfe!" Er spürte wie sich sein Rahmen auflud und wie eine Antenne die Nachricht sendete.

Ein Lichtblitz zischte herbei. Alle fünf Helikopter wurden gleichzeitig von Energiestrahlen getroffen. Die Motoren gingen aus. Ein Flugobjekt, das so gleißend hell war, dass man es kaum ansehen konnte – einer der strategischen Effekte des Schiffes für Konfliktsituationen - flog mitten hinein ins Geschehen, machte eine Rückwärts Rolle in der Luft und blieb direkt über den Gefangenen stehen. Fünf Transporterstrahlen hoben Wheelie, Steve, Erik, Peter und den Professor empor und ins Innere des Shuttles. Alles ging so unfassbar schnell, dass keiner der Geheimsoldaten reagieren konnte. Jetzt aber feuerten sie aus allen Rohren ihrer vollautomatischen Gewehre auf Pings Shuttle, doch die Geschosse prallten wirkungslos am Schutzschild ab.
Ping richtete einen Zielerfassungsstrahl deutlich erkennbar direkt auf den Kommandanten und gleichzeitig einen auf jeden einzelnen Soldaten. Die Front des Shuttles wurde komplett durchsichtig. „Feuer einstellen!", befahl Ping über einen Lautsprecher. „Sonst wird es für euch hier sehr ungemütlich! Legt die Waffen nieder! Ihr seid besiegt! Eine falsche Bewegung und es wird euch leid tun!" „Tut, was man euch sagt." Der Kommandant war ein hartgesottener Kämpfer

zweifelhaften Charakters, aber auch ein intelligenter Mann, der die plötzliche Aussichtslosigkeit der Lage durch die Überlegenheit seines Gegners schnell erfasste und wusste, wann er verloren hatte. Ping erhob sich aus seinem Kommandostand. Die Frontscheibe glitt nach oben und er trat für alle sichtbar nach vorne ins Freie und stellte sich aufrecht auf den Bug seines Schiffes. Wie ein moderner Ritter aus dem Weltall sah er in seinem silbernen Anzug aus. In seiner rechten Hand hielt er die Steuerungskugel, die auch die Waffensysteme bediente.

Obwohl er ein gutes Stück kleiner war als die Soldaten, wirkte er dominant und erhaben. Niemand, dem man sich widersetzt, ohne die Konsequenzen tragen zu müssen. Keiner wagte es, auf ihn anzulegen. Das war auch besser so. In Gedankenschnelle hätte er seine Gegner alle miteinander ausschalten können. Doch gemäß dem Kodex seiner Mission tat er das nicht. Nicht, solange es mildere Mittel zur Abwehr gab. Zwar hatte er jedes Recht, hier zu sein, dennoch war dies nicht seine Welt. „Werft die Waffen in die Helikopter!", befahl er mit fester Stimme. Die Soldaten taten, wie befohlen. „Und jetzt weg von den Maschinen. In eurem eigenen Interesse. Geht weg von den Hubschraubern, wenn ihr leben wollt. Auf Null werden die Chopper eliminiert. Countdown läuft!" „Zehn, Neun, Acht ...", zählte eine Computerstimme aus dem Lautsprecher des Shuttles.

Zwei Soldaten, die sich noch in den Hubschraubern versteckt hielten, sprangen im letzten Moment ins Freie und hoben die Hände. „... Drei, Zwei, Eins, Feuer!", fuhr die Stimme fort. Energiestrahlen leuchteten auf, die Helikopter

färbten sich Rot und Blau und Grün und - waren verschwunden. „Was zum ...", entfuhr es dem Kommandanten. „Ich habe sie in eine Umlaufbahn, in den Schrottgürtel, geschickt, wo ihr eure alten Satelliten lagert. Ihr seid eine geheime, inoffizielle Truppe, die nicht im Interesse eures Landes oder der Menschheit handelt. Die Helikopter haben keine Nummer und keine Registrierung. Deshalb fehlen sie offiziell auch nirgends", sagte Ping. Er war bestens informiert. „Und jetzt hört zu! Ich kenne eure Namen, eure Dienstnummern, euren Standort und ich weiß, wo ihr wohnt. Lasst meine Freunde in Ruhe. Wenn ihnen irgend etwas zustößt, finde ich euch. Überall und jederzeit. Schneller, als ihr euch verstecken könnt. Habt ihr das verstanden? Euer Leben und euren Job dürft ihr behalten. Das ist eure Sache. Aber denkt mal darüber nach, wem ihr dient! Und jetzt verschwindet!"
„Wohin?" fragte ein Soldat. Er wollte nicht riskieren, eine falsche Bewegung zu machen. Der kleine, blaue Typ da meinte es ganz offensichtlich ernst. „Zurück zu eurem Stützpunkt", antwortete Ping streng. „Zu Fuß?", rief ein anderer. „Das sind achthundert Kilometer durch die Wildnis! Luftlinie! Ohne Ausrüstung! Durch die Berge und über Fjorde!" „Dann schlage ich vor, ihr macht euch auf den Weg", sagte Ping. „Ihr seid Elitesoldaten. Eine illegale Eliteeinheit, aber eine Eliteeinheit. Ihr schafft das schon. Und jetzt im Laufschritt, mindestens zwei Stunden! Dann dürft ihr gehen, wie ihr wollt."
„Du wirst nicht ewig da sein, um deine Freunde zu schützen, du elender, kleiner, blauer Wicht!", knirschte der Kommandant. „Ewig nicht, aber lange genug", knurrte Ping zurück. „Lass es lieber nicht darauf ankommen. Und jetzt los! Laufschritt! Marsch!" Ein warnender Energiestrahl blitzte gefährlich vor

ihren Füßen auf. Die Soldaten setzten sich in Bewegung und rannten und waren bald nicht mehr zu sehen.

„Ich bringe euch nach Hause", sagte Ping mit freundlicher Stimme zu Peter, Erik und Professor Murpelius. „Dürfen wir nochmal mit?", fragte Wheelie. Nach all der Aufregung wollten sie noch nicht alleine in der Hütte sein. „Na klar! Dich fliege ich überall hin!", sagte Ping. „Euch alle natürlich. Wenn ich könnte, sogar zu meinem Heimatplaneten!"

Sie bargen aus dem zerstörten Flugzeug, was den Brand überstanden hatte und noch zu gebrauchen war. Zu Peters Freude war der Karabiner seines Großvaters heil geblieben. Den Rest eliminierte Ping mit einem Energiestrahl, um die Spuren des Kampfes zu beseitigen, aber auch, damit Steve und Wheelie nicht mit einem unansehnlichen ausgebrannten Wrack vor ihrem hübschen Zuhause leben mussten. Dann starteten sie. Ping flog gemütlich, um seinen neuen Freunden Zeit zu geben, den Schreck mit den Soldaten zu verarbeiten.

„Erik", sagte Ping, „du hast dein Flugzeug verloren, weil du mir geholfen hast. Das tut mir leid. Ich habe in meiner Sammlung mit Bodenproben noch ein paar Goldnuggets, die ich in dem ganzen Durcheinander noch nicht ausgeladen habe. Bitte nimm sie." Er übergab Erik eine ziemlich schwere Kassette. „Das sollte für ein neues Flugzeug reichen." Erik freute sich. Buschpilot mit einem eigenen Flugzeug zu sein war sein Leben.

Schließlich erreichten sie ihr Ziel und setzten Erik, Peter und Professor Murpelius ab. „Das war exzellente Arbeit, Peter", sagte der Professor anerkennend und klopfte ihm herzlich auf die Schulter. „Ich hatte ein exzellentes Team, Professor", lachte dieser.

Ping, Steve und Wheelie flogen zurück. Bald darauf stiegen sie vor ihrer Blockhütte aus. „Keine Sorge, ihr seid sicher. Niemand wird euch etwas tun", verabschiedete sich Ping von ihnen. „Und wenn ihr etwas braucht - einfach anrufen! Ja, Wheelie?" „Du auch!", rief Wheelie". „Einfach anrufen!" Wheelie und Pings Schiff waren jetzt ja ein bisschen so etwas wie moderne Blutsbrüder. Ping nickte und zischte davon. Steve und Wheelie winkten dem inzwischen so vertraut gewordenen hellen Lichtpunkt hinterher. Sie öffneten die Tür. „Hallo, liebe Hütte, schön, wieder da zu sein!", rief Wheelie. Steve zündete die Kerze der Laterne über dem Tisch an. Sie flackerte ein wenig und tauchte den Raum in ein altmodisches, warmes und gemütliches Licht. Er fuhr mit der Hand im vorbeigehen über die glatten Blockbohlen der Wand und zog die Tür zu. Alles war friedlich. Sie waren wieder Zuhause.

ENDE

dieser Fahrt